河南出版发行集团

Ⓜ 河南电子音像出版社

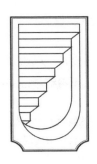

李陌桑 ◎ 著

THE MYSTERY
OF APARTMENTS

图书在版编目（CIP）数据

么事连篇 / 李晓强著. -- 沈阳：沈阳出版社，
2024.8
ISBN 978-7-5716-4030-9

Ⅰ. ①么… Ⅱ. ①李… Ⅲ. ①长篇小说－中国－当代
Ⅳ. ①I247.5

中国国家版本馆 CIP 数据核字（2024）第 103626 号

出版发行：沈阳出版发行集团｜沈阳出版社
（地址：沈阳市沈河区南翰林路 10 号 邮编：110011）

网　　址：http://www.sycbs.com
印　　刷：辽宁新邦广东彩色印刷有限公司
幅面尺寸：145mm×210mm
印　　张：9.75
字　　数：185 千字
出版时间：2024 年 8 月第 1 版
印刷时间：2024 年 8 月第 1 次印刷
责任编辑：张　晨
装帧设计：◎狗窝文化
责任校对：日　晴

书　　号：ISBN 978-7-5716-4030-9
定　　价：69.00 元

联系电话：024-62564950　024-24112447
E-mail：sy24112447@163.com

序

赵 宇

第一次见到李晓波是在 2023 年的夏天，那天我迟到了，她已落座。我们互相打量着对方，我心想，她于我应该是有种似曾相识的感觉。她长发披肩，脸孔清秀，很干练的样子。她从上海来，整个人散发着大都市特有的韵味。

我看到她的裤子是有背带的，左肩的带子时常会从她瘦削的肩上滑落下来，她要时不时地将带子扶回原位。之前我没有想到她是很健谈的那种，她的表情也很丰富，辅以各种手势，将她的话语衬托得很是饱满。她是一个走南闯北的独立知识女性，先后在英国、日本、马来西亚等国留学深造，她熟稔多国语言，丰富的阅历造就了她敏捷的思维，也让她对周遭的事物有了独特的见解和评判。

那天她说，她要写小说，写长篇小说。

她的话听起来有点突兀，我望向她，目光中有疑问，而她的目光是坚定的。尽管这样，我仍然持不以为意的态度，因为我认识的许多人都曾这样突兀过，他们经常咬牙切齿地说："我也要写小说！"以往的经验告诉我，他们只不过就那样说说而已，过过嘴瘾罢了。我想李晓波大抵也是这样的情况。之后她说到了出版社，我心想，小说还一个字没写呢，就开始惦记出版的事情了，这个跳跃幅度有点儿大。

她说她要写一部畅销的悬疑推理长篇小说。她说从小她就对悬疑小说感兴趣，而别人写得不过瘾，她要自己写。她说她已经有了缜密的构思，只等来日落笔成书了。

其实我是想劝她不要写的，毕竟出版长篇小说，是要冒很大风险的。她没有在意我的劝告，一意孤行地给我描述着该小说出版后的宏伟愿景！

这时我发现头顶上空调的凉风有些过于强劲了，于是我们换了一个靠窗的座位，透过窗玻璃，能看到匆匆远去的过客。这时她肩上的带子又滑落了，她将带子扶上来，喝了一口咖啡，之后她说，这本悬疑推理小说的名字已经有了。

我们聊了很多，渐渐地，天黑了，街上的灯亮了，我们在路灯下告别。回到家后，我就把她要写小说的事给忘记了。大概一个月左右吧，她 V 了我，她说长篇小说已完稿了，出版社也联系好了，就等出版了。

我很讶异，她真的写了，都到出版那步了，这是我始料未及的。这期间她还写了几个短篇小说，我想她真的很拼，我得重新认识她了。之后我们相约去了一个网红打卡地拍照，我们摆拍了各种姿势，为日后制作小视频准备了太多的素材，然后又去了酒店就餐。其间她断断续续地向我讲了些出版的相关事宜。夏天很热，她满腔热忱的态度深深地感染了我。

再之后，我看到了《公寓迷案》的打印稿。

小说中李影是打开的，而凶手是隐蔽的。书中的李影和生活中的李晓波有点儿像，特立独行、目标坚定。小说总体感觉不错，洋洋洒洒十几万字，能够一路读下去，跟着主人公一起寻找着迷案的真相。小说轻盈地打开了叙述和想象，在众多无奈的悲欢中展示了寻常生活的压抑和挣扎。书中以李影的内心描写居多，将她密集的内心世界尽情地展露出来。

整部小说结构严谨，行文流畅，布局自然，伏笔纵横交错，悬念迭起。小说具有艺术感染力，细腻的人物刻画，彰显了作者扎实的写作功底。内容中穿插涉猎生物研究、法律常识、城市溯源、电信诈骗、抑郁症等多领域，体现了作者渊博的知识储备和一丝不苟的创作态度。

书中将众多孤独的个体勾连在一起，通过恰到好处的糅合，让每一个人物的呈现都变得有血有肉、活灵活现。书中展现了一场又一场的人性较量，同时贯穿着主人公冷静的思考，以及对众多人物深沉的关怀和对人性敏锐的洞悉。书中每一位个体鲜活地亮相，让动荡起伏、环环相扣的案情渐渐地浮出水面。

即将结婚的美女在半夜离奇死亡，是自杀还是他杀？是情杀还是仇杀？睿智聪明的法学女硕士横空出世，拨开重重迷雾，让死亡迷案真相大白。曼特顿公寓1号3楼的每一个人物都有作案嫌疑，309颜小玉、306赵姐、301武梦洁、313方敏等相继出场，他们各揣心腹事，在各自的舞台上表演着各自的精彩。

王丽死前住在308房间，她是一个俏丽灵动的女子，即将结婚。在外人眼里她是一个活泼快乐的女子，谁也不会将抑郁症跟她联系起来。从表面上看，她的死是自杀，但李影不这样认为。李影总感觉她应该为死去的王丽做点儿什么，于是她开始了艰难的调查。如果是情杀，那首先就要找出隐藏在暗处的与魏鹏有关的另一个女人。309的颜小玉值得怀疑，因为她嫉妒王丽的漂亮。306赵姐嫌疑最大，她曾经跟王丽因为装修的事打过官司，她恨王丽。313的方敏也值得怀疑，因为她的男朋友欧阳经常主动和美丽的王丽搭讪。那么到底谁是杀死王丽的真凶呢？李影相信真相就要浮出水面了。

书中魏鹏这个人物看起来有点儿薄情，虽然王丽的死对他来说很痛苦，但他的痛苦似乎有些太短暂了，很快他便有了新的恋情。他丝毫都没有怀疑过王丽的死因，他因不想尽早结婚，而让王丽非常伤心，他很自责。但王丽死去的当天，他竟然还能去公司做实验，可见他的心是又冷又硬的，即便王丽不死，未来的婚姻生活也可能不会幸福。王丽死后，他都没有好好地去思念过对方，便接纳了另一个女孩的爱情，这和他在美国留学时的初恋很像，他是一个留美博士，回国前狠心地与前女友分手，并很快和王丽在一起了。这就是魏鹏，每次有了新欢后，就会很快忘记旧爱。当李影调查王丽的死因时，魏鹏没有出过半点儿力。在他眼里，死就死了，他的行为，充分证明了他是一个薄情的男人。

书中特别写到了抑郁症和精神分裂症等，当今大都市的生活压力让精神疾病正在滋生蔓延，这是一个亟待解决的社会问题，整个社会应该对这类疾病引起重视，对发病者佐以人文关怀，这也是一个降低犯罪率的新途径。

爱管闲事、想当侦探的李影小姐是全书的灵魂，她对弱者充满着悲悯情怀，对社会负有责任和担当。她和那些碌碌无为的年轻人不一样，她有抱负有理想有目标。她的参与，遏制了案件的进一步恶化，避免了生活逐层坍塌的惨烈结局的发生，我们的社会需要这样的人。

李晓波拥有英国的法学硕士学位，这本书之所以写得得心应手，与她丰富的法学知识息息相关。为了写好这本书，她研究了生物、医学、经济、历史等多学科，为此她付出了巨大的努力。小说将大都市的生活现状巧妙地融入案件之中，多角度的描写构成了鲜明的戏剧张力，是一部优秀的悬疑推理小说，值得广大读者阅读，并通过阅读获得巨大的收获！

（作者为中国作协会员，首届中国金融作协副主席，沈阳作协理事。）

目 录

第一章　寒食节的早晨

1

魅海的国际通用英文缩写是 MH，包含魅海市和附近郊区，但人们更习惯使用 MHC——Mei Hai City，就像称呼 NYC——纽约市，比起 NY——纽约，似乎更能代表整个城市文化。尤其在旅游、金融，还有国际商务中，MHC 使用频率更高。

"幽静"因江南古刹幽静寺而得名，地处魅海市中心。幽静区虽然是最小的行政区，却是经济中心，周边有六个区相邻。

离开幽静核心区，穿过琉璃路街道，向东南方向，进入释迦区，穿过瑞寿路街道，拐上一条不知名的路，经过一个僻静的开放式小公园，再进入一条行人稀少的安静街道，左右再拐一两个弯，就来到曼特顿街，一条充满艺术、现代和商业气息的街道。

街道两旁的建筑风格各异，高低错落有致。林荫道上各种各样的树木，散发着一股清新的香气，色彩斑斓的花卉，增添了林荫大道的美丽，呈现出一幅自然和谐的画面。

曼特顿街区是住宅、商业、服务业混合的街区。它包括公寓、高层住宅、联排别墅、学校、幼儿园、商业街、超市……还有健身房、游泳馆、乒乓球馆等健身设施。

街区内绿树成荫，花园小径穿插其中。不经意间，还会发现一家被绿植包围着的奶茶店。街角处，一间被花环拥抱着的小书店，犹如隐匿在喧闹中的宁静港湾。各式精品小店的橱窗，还有一家酷似纽约第五大道的咖啡店，也是不可错过的视觉盛宴。

漫步在曼特顿街区里，恍惚有身在纽约市曼哈顿街头的感觉。估计街区的定位是为满足文化人、艺术家及中产阶级日常生活的同时还兼顾商业。但是，居住者能否享受到这样待遇的服务和管理就另当别论了，只有住在里面的人才深有体会。

踏上路缘石，穿过人行小道和整齐的绿化带，走上七级阶梯，再沿着孔雀开屏形红砖铺设的道路，穿过小型喷泉，就是曼特顿公寓。曼特顿公寓的地基高高凌驾于路面之上，尽显尊贵派头。

穿过一个圆形大花坛，左手边就是曼特顿公寓1号楼。公寓是褐色的建筑，共有4层，楼前建有艺术景观，哈佛大学创始人，约翰·哈佛——John Harvard 的雕塑矗立在花丛中，雕塑底座上，精心雕刻着"完工于 2011 年"的字样。

进入公寓大门，10 米挑高的大堂显得恢宏大气，欧式古典铁艺大吊灯散射出柔和的光线，营造出端庄的复古感，墙壁上不知名的大型现代装饰画熠熠生辉。

大厅左侧中间位置安放着一个转角沙发，是供来访者或住户短暂休憩用的，但有时会坐着一些身份不明的人。

穿过沙发，走十几步，左转就是旋转楼梯，再走几步右转，走廊的尽头有一部电梯，可以直通地下停车场。

穿过宽敞的大厅，有两扇落地玻璃大门，门外是内部庭院，在一处靠墙的角落，安放着一排漂亮的褐色信报箱。现在订购报刊的人越来越少，信用卡、电费账单也逐渐变成电子的，信报箱常被广告单塞满，但它依旧是必不可少的装饰品。

庭院四周被树木和建筑环绕，中间是一个小型圆形花坛，花坛内的小草花竞相开放。站在楼下往上看，公寓的每一户都是挑高设计，落地窗很是气派。尤其是在傍晚，室内和庭院内矮灌木丛中的灯光遥相呼应，衬托着居住者低调的温馨、文雅而又美丽的风格。

大门处没有像其他商住公寓那样设有门岗，24小时敞开，某种意义上讲，就是自由出入，不需要刷卡也不需要登记。所以，经常有不同公司的快递员们，例如：京京快递、顺顺快递、通通快递、邮邮快递，穿梭于各个楼层之间，甚是忙碌。

还有不知名的快递公司的快递员，干脆把小型三轮车直接开进大厅，坐在地上整理包裹。那个场景与公寓的风格极不协调。

在这个公寓里居住的人也是各种各样，有在附近科技园区上班的白领，也有在周边写字楼里的上班族。一般是两人合租，情侣也很多。房租还是有点儿贵，公寓的水电费也高，不过，和幽静区的房租相比较，这里还是便宜很多。

公寓的购买，对是否持有魅海户口是没有限制的。无论是本地人还是外地人都可以购买，然而住宅的购置则受到相关限制。

偶尔会看到公寓里出现几个小孩，也是临时居住，孩子在上学之前就会搬走，因为公寓是无法落户的，不能作为户籍片区入学。

公寓里也有一部分中老年人，他们从原来居住的房子里搬出来，让给即将结婚的儿女，再买住宅又很困难。唉，现在的房价可是公认的高啊，只好买公寓居住，反正老人不涉及落户口的问题。也有一部分人做投资，买几套公寓用于出租，这里的公寓房还是很抢手的，街区房产中介公司就有四家，看起来生意还不错。

公寓复式临街店面为独立的商铺用房，和楼上互不相通。自二楼起基本为住房，根据楼层号和房间号进行编号，起编处按照单、双号编排，左侧为单号，右侧为双号，两侧均有房间，但不对称。除了有3处回旋式楼梯外还设有3部电梯，其中一部是货梯。总设计在90多套，有单独的电表房与蜘蛛网般密布的电网线房。朝北向的房间被巧妙地设计成了偏东方向，如果不是阴天，还是可以沐浴清晨的第一缕阳光。

曼特顿公寓1号的地基大致呈三角形，位于四条马路交会的岔道口。说实话，从建筑外表看，一点儿也不输给著名的打卡地——诺曼底公寓，甚至更精美。这类公寓的追逐者一般都是精英白领，代表着城市发展的主流，有着对品质生活的向往。要是在幽静区，估计房价能翻好几倍，追求美感和生活质量的住户其实都有同感。但每次进出公寓，心情还是挺复杂的……

入驻伊始，褐色天然实木与科技完美结合的电梯间，散发着温馨的气息。轿厢内的灯光，映照在实木表面，呈现出典雅的质感，使人心情愉悦，产生购买的冲动。现在的电梯间伤痕累累，有几处随便用板子钉上了，颜色还不统一，像衣服的补丁，又像一张拼图的碎裂图画，当初的精心设计变得黯然失色。

2

李影小姐迅速起床，做了份自己专属的英美式早餐：把小香肠、培根、鸡蛋、白蘑菇、圣女果，再加一片全麦面包放入不粘锅内煎制。煎好后，全部放入一个大盘中，再填上些草莓、樱桃等应季水果。

同时，她熟练地操作着美式咖啡机，按下按钮，水流缓缓通过咖啡粉，萃取出浓郁的咖啡，慢慢流入壶中。她迫不及待地从壶中倒出一杯热乎乎的咖啡，感受着咖啡香气在空气中的弥漫，然后放入新鲜牛奶，再加入少许红糖。咖啡放红糖可是绝配哦。至此，李影小姐的特制英美式早餐完成。

此时闹钟响起，正好 6 点 30 分。

接下来简单化妆，说简单，也要四道程序，化妆水、营养霜、粉底液，略微抹上一层薄薄的粉饼，最后用浅褐色的眉笔轻轻地描一下柳叶眉，化妆基本结束。

穿上昨晚已经准备好的，挂在门口衣架上的套装：浅紫色的真丝衬衫、灰色的阔腿长裤和西装外套，配上一双黑色尖头高跟鞋，成熟干练，又不乏几分女性的柔美。

一套程序下来，不到 20 分钟，李影小姐已经坐下来准备吃早餐了。

这么麻利的动作都是常年独自在国外生活学习养成的习惯。不过她经常会想：魅海的生活节奏更快，人人好像都在赶时间，具体忙些什么也不太清楚，可能是工作、学习、生活，还有高房价的压力造成的吧。

李影小姐，芳龄三十一，身材娇小、丰满匀称，是位优雅、聪慧、有内涵、有灵性，富有远见的知识女性。

此时，她一边喝着咖啡，一边望向窗外。楼下庭院内树木茂盛，盛开着五彩缤纷的小花，小鸟的叫声此起彼伏，有时会错以为身在女侦探小说家阿加莎·克里斯蒂笔下的圣玛丽米德村……这不就是马普尔小姐过的英式田园生活吗？不过，这里可从未发生过刑事案件。唉，就差一辆 MINI——迷你敞篷车出行。

庆幸当初选了面向庭院的这一面，比较清静，大楼南面紧邻着马路，一眼望去，公交车站和远处的地铁站交织在一起，偶尔还会传来促销商品的叫卖声，应该会很吵吧。

这里还算交通便利，虽然房子面积不大，但重点是复式，来园区工作时，她毫不犹豫地买下这间公寓，尤其喜欢红砖建筑，感觉还挺符合自己的气质。

正陷入短暂美好回忆之中，突然，被"咚咚"的敲打声打断，"哦，又有人家在装修了。"她感叹道。

早上7点30分，李影小姐走出门，在走廊里，看到斜对面大门敞开着，305门号牌斜挂着，她想看一下装修进程，顺便提醒还没有到装修的时间，随即走进敞开的门。

"你好！"

"你好！"

无人应答。

"物业规定的装修时间是8点半哦，谢谢！"

还是无人应答。

往里面望去，一楼好像没有人，只听到有工人说话的声音和持续"嗯……"的声响从二楼传来，让人心烦意乱。

她还想走进屋内，转念一想，可能是明天清明节放假的缘故，工人急着赶工，立刻撤回往里面迈的脚步。

"算了吧！自己反正也要上班，投诉给物业也麻烦，"她无奈地摇摇头，"今天就应该禁止装修，实际上今天是寒食节，是清明节的前一日，吃冷食、禁止烟火、祭祀、踏青应该从今儿就开始了。"

随着时光的流逝，寒食节已经融入了清明节，可是，寒食代表的忠诚、廉洁、清明应该是千年不变的。

电梯里人很多，有出去上班的，也有来上班的，公寓里面有几家小型咨询事务所，也有一早出去买菜的房客，还有一位白皮肤、蓝眼睛的外国女孩。环顾一下电梯，里面的人都不认识，感觉又换了一批新人。

"李姐！早上好！"

从一楼大厅出来，正好碰上了308房的王丽，"早上好！"

"今天还要去上班啊？"

"是的啊，还要坚持一天，明天开始放假三天再加上串休，我可以连续休息五天。"

"这么好啊。"

"这么早就出来买菜啊？"

"嗯，需要准备假日的食材，男朋友要回来住几天，太开心了。"王丽兴高采烈地说。

突然，王丽很神秘地，但又抑制不住内心喜悦地靠近她说：

"告诉你一个独家新闻，我'五一'劳动节就要登记结婚了。"

"恭喜你！太为你感到高兴了。"她心里想，终于熬过来了，两人在一起已经好几年了，也挺不容易的。

"举行婚礼一定要告诉我哦。"

"一定会的！"

和王丽道别后，她匆匆地赶往地铁站。

途中，她不停地念叨着：

"风雨不怜黄花瘦，急煞阶前掌灯人。"

不知道什么原因，李清照的这句词突然从脑子里面冒出来，挡都挡不住。也许是清明节的缘由，黄色菊花的花语有哀悼的意思……

3

早上 6 点 30 分。

王丽，二十八九岁，她眼似水杏，唇不点而红，眉不画而翠，娇艳妩媚，容色极美。《红楼梦》中描写薛宝钗美貌的词句用在她身上一点儿不为过。

此时，她躺在乳白色欧式雕花的双人大床上，伸伸懒腰，踢踢又长又健美的腿，整理一下那略带弯曲丝滑的棕色长发，靠在华丽的、粉红色的丝绸枕头上。玫红色的睡袍把她的皮肤映照得更白、更美。

她懒洋洋地拿起套着红色真皮套的手机，拨通标有"鹏"的号码。

"亲爱的！今晚几点回来啊？好想你啊！"她娇滴滴地说。

"可能会8点多，亲爱的！你乖不乖啊？"电话那头，一个成熟男性的声音传来。

"好的啊，我等你回来一起吃晚饭。哦，亲爱的，有什么特别想吃的没？"她轻声细语地问。

"嗯，想吃你！"

"你真坏！晚上让你吃个够。"她嗲嗲地说。

"你做的，我都爱吃。"

"那我们烤牛排吧，怎么样？"

"太好了！丽丽辛苦了。"

"不辛苦，只要你永远爱我，天天给你做好吃的。"

"嗯。丽丽，我要工作了，晚上我们再聊，好吗？"

"好的啊，别太累了！"

"晚上见，爱你！"

"吻你！"她对着手机亲吻了一下。

放下手机，她伸了一下懒腰，又轻轻地吐了一口气，幸福地环顾一下楼上的卧室，欧式大衣柜那天然的、美丽的实木纹路，呈现着欧式风格的高贵和精致，同时散发着温润的木香。

衣柜内挂满了五颜六色的衣服，从衬衫、短裙到羊毛大衣。

在最显眼的位置，悬挂着一件红色的旗袍，上面绣着一只凤凰，栩栩如生。下面对应的玻璃鞋柜上，摆放着一双6厘米高的金色细跟高跟鞋，无瑕的搭配，整体感觉既高贵又不失典雅。小玻璃柜里，摆放着一款带有珍珠的金色手工艺手包，使红色旗袍造型更加完美夺目，这一整套服饰是准备在订婚宴上穿的。

她默默地欣赏着，感觉一切都是那么舒适和惬意，对自己的设计也很满意。

她和魏鹏认识已经快四年了。

魏鹏是从美国回来的博士留学生。回国后创办了一家生物科技公司，一直在做产品研发，今年才有了一些起色。虽然他不是经常回来，大多数时间都会住在公司，但两人的感情非常稳定。

这套房子也是他出资购买的，装修用了大半年的时间，完全按照她自己的意愿设计的。

王丽不禁想到："装修期间还和隔壁那家邻居闹得不愉快。那个女人还惊动了警察，物业也来找，最后还打起了官司，费了很大周折才得以完工的。"

"不管怎样，我也总算熬到头了，马上就要和魏鹏登记结婚了。"她美滋滋地想着，"起床吧，去采购。"她大声地给自己下了一道命令。

简单梳洗后，随意搭配一件镂空健身长袖上衣，简约的圆领造型，更衬托出她大气的脸型，镂空的创意，有一种朦胧的性感美，后面美背的设计更是时尚，短款凸显了小蛮腰的魅力，再配上胭脂红，有种让运动更加自如的感觉。一条黑色健美长裤，显得她的腿更加修长，臀线的造型完美勾画出她的线条，尤其是她那蜜桃臀，先声夺人，尽显时髦女人味。

王丽美美地看着镜子里的自己，高高兴兴地出门了。

4

"刘伟！侬还不起来啊？"赵女士一边把前额的一小绺漂亮的褐色卷发向后撩了一下，一边喝着咖啡对男朋友喊："早餐都快凉了啊！"

"哦，马上下来！"一位30多岁的男子嘟囔着走下楼梯。

他为自己倒了一杯咖啡，从锅里拿了两片煎好的三文鱼，在餐桌旁坐下。

"我刚才好像又听到一阵阵的敲打声，不会是隔壁家又要干什么吧？"赵女士担心地说。

"不会的，估计是对面在装修。"他安慰道。

"我还是不放心，一会儿得去看看。"

"阿拉亲爱的！侬太神经质了，放松点儿，我给你来点儿开心的。"刘伟挺直胸膛，一只手举着咖啡杯，另一只手做着要拥抱她的动作，动情地看着她的眼睛朗诵道：

"在这个世界上，其实是没有沙漠的，每一个夜晚，当我想起你的时候，老天爷就会落下一粒沙，而后就有了塔克拉玛干大沙漠！”

“哦哟，总弄这些没用的，烦不烦啊，不干点儿正经事。”赵女士妩媚地一笑，噘着小嘴说。

“这是我想了好几个晚上才想出来的啊，哪能？”

“不咋的，没事干，闲得啊。”

306号房的赵红，典型的魅海女人，注重生活品质和精致感。但是，她的“嗲”不是娇滴滴的，而是非常强势的。

她打扮得比较精致，长得不是很漂亮，但身材苗条，看上去三十七八岁，能说会道。两年前办理了离婚手续，有一个8岁男孩，非得让前夫给她买了这套公寓，因为她的娘家，买在后面的高层住宅里，距离公寓只有百米，儿子户口也落在外婆家，学校就在步行500米的地方，她每天穿梭在老人和孩子之间打理家务。哦，差点忘了，她是一名注册会计师，同时开了一家小型会计师事务所。

刘伟是现在的男朋友，比她小四五岁，主要给她开车，负责事务所的一些行政和杂务。自己家在郊区，于是就会经常住在她家里。

吃完早餐，赵女士穿了一件棉麻的中式改良蓝色长旗袍，脖子高高的，腰细似芦苇，脚穿一双软底的黑色半高跟皮鞋，步履轻盈地出门了。

顺着“咚咚”的声音寻去，感觉是对面发出来的，她直接推开门进去了。屋里面尘土飞扬，一个工人正拿着电钻，在厨房墙上钻孔，发出"滋滋"的声音。

"停一下啊，你们大约需要装修多少天啊？"

"很快，就一周吧，只是把地板换成大理石地砖，还有一些零活。"一个工人大声说道。

"晓得了。明天是节假日，不要装修哦！"

"哎，没办法，挣点儿钱不容易啊，没有声音的活儿会干点儿，有一位师傅今晚会住在这里，不过，放心吧，不会发出声音的！"一个负责人模样的年轻人笑嘻嘻地解释着。

"好吧，谢谢。拜托了！"

赵女士悬着的心放下了，她赶紧退出来，快速地把门带上。

抖了抖身上的灰尘，整理一下头发，不过她还是觉得有点儿不放心，在走廊里徘徊，又习惯性地往隔壁家看看，只见隔壁308的房门半开着，有音乐声传来，好像是放着什么健美舞曲，还蹦蹦跳跳的，估计那个女人又在家里作妖。

"视察回来了，领导！"她刚关上门，就传来刘伟的声音。

"不是隔壁吧？"

"嗯，是对面，简单装。"

"所以不用担心，我想这世界上再也不会有隔壁那样的邻居了，太顽固了，完全和正常人思维不一样，就是个神经病！"

"侬说得太对了，阿拉真是中大奖了。"

"不过，最后还是我们胜利了！"刘伟一只脚踏在跑步机上，用手指比画了一个 V 字。

"这种人，就是要给她点儿教训！"赵女士愤愤地说道。

其实她担心的不是装修本身，而是担心王丽家装修。

往事不禁又浮现在眼前：王丽家在楼上擅自搭了一个卫生间，隔壁正是她家的卧室，晚上冲马桶的声音时不时地传来，无法入睡。多次协商，王丽也不同意换一个位置。男朋友倒算是挺客气，可是不常来，也不管事，完全由王丽做主。物业来拦阻，没有用。她忍无可忍，选择了报警，警察虽然也来劝阻，还是没有用，最后物业和警察都建议她民事起诉。唉，真是没办法啊，她只能走诉讼的道路。好在法院没有捣糨糊，案子很快就开庭了，判决王丽败诉，拆除二楼的卫生间，不承想王丽不接受判决，又上诉，最后中级人民法院维持了原判，王丽还是不执行，结果被法院强制执行，拆除楼上的卫生间，至此事情才告一段落。

前前后后牵扯了几个月，弄得她筋疲力尽，差点得了抑郁症，脸上都多了几条皱纹。刘伟好几次差点儿把王丽给打了，还好没有发生什么流血事件。

有时候赵女士会产生奇怪的念头，王丽最好赶快死掉。

5

早上 8 点 30 分。

309 房间的一对情侣也被震醒了。

"嘿，魔王 Q，醒醒！今天要完成那套道具，不然要挨打哦。"胖嘟嘟的女孩，用白嫩嫩的小胖脚蹬了一下男孩。

"明天 10 点前要交工！"见男孩没有反应，女孩瞪大圆圆的眼睛，声音又提高了几个分贝。

"遵命贞子 M，保证完成！不过魔王 Q 现在好饿哦！"长着浓眉大眼的魔王 Q，调皮地眨眨眼，笑眯眯地说。

"那魔王 Q 要是听话，我就点汉堡包套餐了。"

"爱死你了！"

二人在床上嬉闹一番，像一对胖胖的小白兔在玩耍。

雯雯——一条白色的贵宾犬也跟着主人上蹿下跳地一起嬉戏，开心极了。它和主人的样貌、动作十分相似。直到楼下门铃响起，早餐送到，两人才慢悠悠地爬起来。

应该已经猜到了，贞子 M 和魔王 Q 都不是他们的真名。这是在二次元圈子里面，进行 COSPLAY ——角色扮演的名字。在参加漫展的时候，一般都不用真实姓名，通常会给自己取一个圈名，在这个圈子里面都以圈名互称。

贞子 M 的真名叫颜小玉，魅海本地小姑娘。

她个子不高，白白的圆圆的脸，大大的眼睛。大学毕业后在一家私企公司做行政，因为和老板吵架，被辞退了。后来又面试了几个工作，感觉也是不行，有点儿得了办公室恐惧症。

她从小酷爱动漫，大学时参加了"角色扮演"社团，认识了同是本地人的沈浩，也就是魔王Q。他从中学时就喜欢打游戏看动漫。两人经常参加社团的一些活动，有时候会到外地参加扮装比赛，还兼职做一些动漫相关的展会，扮演自己喜欢的动漫人物。

说起COSPLAY，是在美国兴起，在日本得到发展的。在国内也只是非常小众的爱好，多数人眼中就是"另类"的存在。

时代在进步，年轻人自我表达和展现的方式同样多样化，装扮游戏文化就慢慢地形成了，属于青少年流行文化中的一种，想把他们自我展现的渴望和所谓"不落俗套"的诉求融为一体，在大学生群体中有增长的趋势。

颜小玉的父母非常反对她的这个爱好。认为女儿得了什么病，心理不健康，还到处托人给她找心理医生，在家里也是经常吵架。

经过考虑，她干脆开了个网店，在网上卖化妆品，父母开始不同意，她一气之下就说搬到外面去住，父母没有办法，心疼孩子，就决定给她买一套小公寓。

她之前在上班的路上，看到过曼特顿公寓，很是向往。从远处望去，还能看出点儿魅海老洋房的身影，不光是外表漂亮，有面子，还是复式，空间大，可以自由发挥，也可以带着雯雯一起过来。

软磨硬泡后，父母把多年积蓄，加上和亲戚们借的钱，一次性付款买了这套房，当时花费100多万，装修费又花了20多万，不过值得安慰的是，现在市值应该在160万左右。

在这里居住，不用整天听父母唠叨，自己想玩就玩，想吃就吃，想睡就睡。还有公寓的包容性比较强，应该没有人会歧视她的这种爱好。

表面上，颜小玉是在卖化妆品，私下里，也制作一些装扮游戏的衣服，简单地裁剪和缝制，先是自己穿，然后卖给角色扮演人群。沈浩主要负责制作简单的道具，游戏角色手中会拿着五花八门的刀枪剑戟，普通的店里很少能买到。两人之前仅制作自己用的，后来发现能转让赚钱，聪明的他们看到背后的商机，开始接一些小的订单，生意也有些起色。

可是，有一件事情比较烦人，冬季还好，每家都紧闭着大门，但是春夏季时，有很多家为了通气，就会敞开门，她自己是很讨厌没事敞门的，经常在想：都是那些讨厌的外地人、农村人的习惯，大声说话、跳舞、放音乐，不考虑别人的感受！

她需要进发货，快递小哥是她家的常客。这时，雯雯就会自己跑出去，在走廊里面玩一圈，有时候会有吸引它的气味，把门口的垃圾袋翻一翻也是有的。但是她知道，一共也没有几次。她也经常在家训练雯雯："不许翻别人的垃圾袋！"雯雯会用力地点点头。

公寓里也不只是她一家养狗，尤其是那个"大傻"，好像是一个外地老男人养的，在电梯里面碰到过几回，浑身臭烘烘的，大概很少洗澡，也看不出来是啥品种，它在走廊里面转来转去，被她从猫眼里看见好几回，尤其是晚上没有人的时候，在吃对面邻居家门口垃圾袋内的骨头，垃圾散落了一地，主人也不收拾。

更让人气愤的是，已经被业主投诉了好多次，物业也来找，她也解释了很多次，不是雯雯干的。

投诉得最厉害的就是对面那个女的，整天袒胸露背，在家跳舞唱歌，烦死人了，胸长得那么大，一看就是吃药了，也许打了激素。

"我吃的营养也很好啊，为什么我的波波没有那么大，屁股没有那么翘，脸蛋没有那么漂亮？"她有时候会愤愤地想。

一提起对面的王丽，她又想起了原来公司那个女孩，也和王丽一个类型，本来老板对她一直都和颜悦色的，自从来了那个外地女大学生，长着性感的"魔鬼身材"，有几次竟然连胸罩都没有穿，在办公室走来走去。渐渐地她发现老板是处处看不上她，忍不住就和老板吵了一架，接下来，等待她的是人事科的斜眼胖阿姨："明天不要来上班了，老板的意思。"就这样她离开了公司。

"贞子 M 你怎么还在吃啊，能不胖吗？你不是还有很多活要做吗？"魔王Q一声喊。

"先干好你的活！别管我！"

"你还真把自己当成老板娘了。"

"怎么的，不行啊？"

"行，行，我的公主。"

她收拾好桌面的垃圾，打开大门把垃圾袋放好，雯雯也跟着出来，四处张望。

走廊里阵阵音乐声伴随着装修的敲打声传来。那女人的房门又开着，健美操音乐响着。

"快进来！雯雯听话，不然又被投诉了。"

雯雯低着头乖乖地进了屋。

第二章　公寓里的死亡

1

晚上6点，魏鹏正在实验室，检查各种仪器设备和实验数据，并指导实验员们合理SD——保存数据和DA——数据分析，同时给他们布置这几天的具体工作。基层人员基本放假了，清明节假期，有很多员工需要回老家祭祀祖先。

清明节是中华民族最隆重盛大的祭祖大节，既是节气，也是传统节日，扫墓祭祖与踏青郊游是清明节的礼仪习俗。但对魏鹏来说，实验室的工作是一天，甚至连一个小时都不能停！科研骨干需继续留在实验室工作。

正在这时，手机又响起，"亲爱的，啥时候到家啊？"王丽的声音传来。

"还有一个小时吧。"

"快点回来哦！"

"知道了。"

"开车注意安全哦。"

他压低了嗓门说："知道！现在说话不方便。"

"哦，那不说了，一会儿见！"王丽匆匆挂断电话。

魏鹏，四十一二岁，身材高大，头发有点儿凌乱，戴着一副黑框近视镜，一双眼睛不大，却炯炯有神，显得智慧且沉稳。他上身穿一件蓝色衬衫，下身是一条咖啡色的纯棉休闲裤，就是奇诺裤，比西服裤休闲，比牛仔裤正式，皱皱的，更显他潇洒随意的一面。

他是5年前从美国麻省理工学院取得生物学博士学位后回国的。京城有几家科研单位都希望他过去工作，但是，他有自己的理想。

魏鹏在美国卧薪尝胆那么多年，就是为了有一天能拥有自己的生物科技公司。

他决定来魅海创业。这里的高新科技园区，有优惠和扶持政策。一位大学同学，和他研究的不是一个领域，在Z区落户没几年，公司就上市了。魏鹏研究的课题，目前还属于国内空白，前期投入得再多也未必有结果。最后，他选择了C区孵化基地。

魏鹏巡视好实验室后，回到自己的办公室。

他的办公室不是很大，35平方米左右，到处是书架，摆满了书籍。办公桌上除了一台台式电脑外，还放着一台笔记本电脑。桌后面是一张简易床，床底下放有一个黑色皮箱，办公桌和床中间放置了一个大屏风。

墙上，挂着一幅六尺的书法作品，装裱后长2.2米左右，对应 5 米多的墙面，感觉尺寸正好合适。

"不登高山，不知天之高也；不临深溪，不知地之厚也。"

这是荀子《劝学》里面的名句，书作下方的落款是他本人。

坐在办公桌前，正好可以直视这幅书法。

他应该不仅仅是喜欢比喻登高才能看得远和形容天地广阔的表面解释，他可能更在意的是事情的艰难和意义重大，以及实践在认识客观事物过程中的决定作用这一更深层次的寓意。

魏鹏正要脱下白大褂，此时一位身形挺拔、皮肤黝黑的中年男子探了一下头：

"魏总，还有什么事情需要我办的吗？"

"老张啊，快进来！"

"好。"

"没什么事了，你快点儿回家休息吧，这段时间也挺累的。"

"没事，魏总，应该的。你更累，也早点儿回去吧，别总一个人吃方便面了。"

"嘿嘿，"魏鹏笑了笑。

"这几天有什么事情，给我打电话啊，我都在魅海。"

"好，你不回老家看看？"

"今年不想回去了，儿子在学校不回来，老人平时也都能见到。魏总，不打扰你了，快回家休息吧。"

"好的，再见！"

"再见！"

2

魏鹏开车在回公寓的路上，脑子里面想的都是和王丽的事情。

公司刚成立时，秘书专业毕业的她，应聘助理一职。由于他经常做实验，工作到很晚，王丽经常留下来陪他，给他打包饭菜，准备夜宵，上班时还会把自己做的小点心、蒸的小包子给他带来。人长得漂亮，性格又开朗，关键是身材特别好，高挺的胸部，走起路来自信满满。

不久后，二人就在一起了。

后来王丽多次提出："你一个人在公司住可以，现在我们两个人也太不方便了，都没办法亲热！"

望着她那美丽的脸庞，魏鹏其实也是这么想的："嗯，也是，让同事们看见了，影响不太好。"

在王丽的要求下，他贷款买了这套公寓房，先给她住下，自己也方便休息。

想着想着，不知不觉地，车已经到了公寓的地下停车场。

他习惯地看了看手表，20 点 20 分。

从负 1 层停车场上来，电梯先在 1 楼停下。

一位又高又瘦、短发的中年妇女走进来，她穿着一件白色的棉麻材料的长衬衫，外搭一件短款黑色羊毛开衫，下穿一件黑色的瘦腿裤，脚上搭配一双平跟羊皮鞋，手里拿着一大盒生鲜牛奶和面包。

魏鹏看也没看，礼貌性地点点头，中年妇女先是一愣，身子微微地颤抖了一下，也轻轻地点点头，转过身去，背对着魏鹏。

此时，新闻联播的片头曲响起，是魏鹏的手机响了，他赶紧拿出手机。

"亲爱的，到哪里了？"王丽那妩媚的声音传来。

"我马上就到，在电梯里……信号不好，先挂了。"他提高声音。

3 楼到了，电梯门一开，中年妇女急匆匆地走出去，径直奔向 301。

魏鹏紧跟着出来，看着她的背影，有那么一瞬间，有种似曾相识的感觉，但这种感觉又很快消失了。

"嗨，鹏！"王丽已经站在门口打招呼了。

"想死我了！"

"我也是。"他含情脉脉地看着她。

他赶紧关上大门，扔下皮包，迫不及待地拥抱她。轻轻地吻着她的唇，她顺从地闭上了双眼，大脑仿佛一片空白。此刻，她不想思考，只想紧紧地抱住他，感到那么安心和踏实。而她的拥抱，让他也感到那么温暖和舒服。

音响里，轻声放着美国著名女歌手惠特尼·休斯顿的"我永远爱你"，在温馨的烛光中，烤牛排的香气充满房间，蘑菇和烤酱的鲜味漫出餐盘，浪漫的烛光晚餐开始了。

"嗯，鲜嫩多汁，太美味了。"魏鹏用刀切开一块带有血丝的五分熟牛排，放入口中。

"丽丽，你应该考五星级的西餐大厨师。"

王丽把一块不带血丝的、全熟的牛排放入口中，又抿了一口上等的葡萄酒。

"嗯！这酒真不错！看来还是法兰西的葡萄酒好喝，比骑在羊背上的国家的红酒好喝多了。亲爱的，你真的不喝酒吗？"

"不喝！没办法，多年养成的习惯，我喝橙汁就好。"

"红酒配红肉，真正的美食！喝口啤酒总可以吧？"王丽温柔地看着他。

"这个……我不喝！"魏鹏面带难色，摇着头说。

"没事，偶尔给自己放个假，放松一下，有可能工作会更集中精力呢。"王丽用她纤细的手轻轻地触摸着魏鹏的耳垂。

"嗯，好吧，今晚就听你的安排。"他宠溺地望着她。

王丽从冰箱里拿出一罐啤酒，拉开拉环，递给他说："直接干了！"

"不行！我还是慢慢地、一口一口地喝吧。"

"鹏，我想结婚后，在家先考个研究生，同时再备考公务员。"

"那当然好了！"

"如果一年考不上，就接着考。如果能考上公务员，结婚后，我的户口估计很快就能落到魅海了。"

"能考上当然好，考不上也没关系，我不是人才引进，直接落户魅海的嘛！等经济允许了，再换一套住宅房，户口就直接可以迁到那里了。"魏鹏有点儿得意地喝了一小口啤酒。

"太好了。"

"关于家属，好像也有规定，结婚不用多久，你也可能有魅海市户籍了，具体情况，我不是很清楚，等忙完这段，让老张到园区管委会咨询一下。"

"好的啊，不过，如果我连续三年都还考不上，至少你要养我哦。鸭梨山大……"王丽妩媚地笑着，轻轻地摇晃高脚玻璃杯中的葡萄酒，轻抿一口，有点儿说不清是醇香还是果香。

"没问题！你肯定能考上。再不行，等公司强大了，你再回公司上班。"

"不怕公司人说闲话啊？"

"怕什么？到时候，你都是魏夫人了，名正言顺了。"

"相信你一定能成的，新产品也一定能试制成功的！"王丽握着拳头说着，又连续喝了几口葡萄酒。

看着她那红扑扑的、漂亮的脸蛋，黑紫色的嘴唇，那是葡萄皮的花青素自然附着在她唇上的颜色，还有那一头弯曲的、大波浪长发随意散落在双肩，他顿时感到心潮澎湃，浑身热血沸腾。

魏鹏的目光从王丽的脸上，一点一点地往下移，只见她穿着一件深绿色的亮面绸缎迷你连衣裙，一双美腿如同两条细长的玉带，白皙而柔软，骨感的脚踝，让人不由自主地想要触摸……

一番激情过后，两人懒散地躺在床上。

魏鹏轻轻地抚摸着她，她小鸟依人地依偎在他的怀里。此刻，她只想静静地躺着，直到慢慢地老去，甚至就这样死去。

"亲爱的，结婚的事情具体怎么操办啊？"她终于忍不住问。

"亲爱的，跟你商量点儿事，我们能否……嗯……暂时不结婚，再等半年……"魏鹏小心翼翼、吞吞吐吐地说。

"我不要再等了！不要！我要现在，马上，明天……"王丽突然情绪很激动地喊着。

"亲爱的，这么多年都等了，还在乎再等几个月吗？现在产品研发到了关键时刻，资金也比较困难，申请的天使创业基金还没有完全到位。等研制成功后，我们就在鹿城举办盛大婚礼，到时候，亲戚朋友和同事们都参加，好吗？"

"唉！真受不了，你就知道给我画大饼。"看着魏鹏长篇大论地说着，她叹着气，又无奈地摇摇头，默默地走下楼。

"亲爱的，想喝点儿红酒吗？"过了一会儿，她在楼下突然问道。

"不喝，宝贝，我太累了，还有点儿醉了，我先睡了。"

"好吧……好吧……"王丽的声音也渐渐地变低、变弱……

3

魏鹏一觉醒来，习惯性地摸摸右边的王丽，"嗯？"不在，再摸摸左边，也不在。

"丽丽！"

没有回应。

他赶紧翻找枕头下的手机，打开一看，凌晨2点30分，用手机照了一下床的周边，她也不在楼上。

"丽丽，快上来！"

魏鹏又高声喊了一声，还是没有回应。

他打开台灯，把眼镜戴上，迷迷糊糊地往楼下走，脚下一滑，差点儿摔了一跤，幸好抓住了楼梯栏杆。

刚一下楼，他隐隐约约地看见横在沙发前白色羊毛地毯上的身影，顿感不安，赶紧打开客厅大灯，只见王丽蜷缩着躺在毛茸茸的地毯上。

"哦，怎么睡在地毯上？会着凉的，快起来，丽丽！"他翻动着她的身体，没有反应，又摇晃着双肩，也没有反应。

"啊！"突然，他感觉不对，声音颤抖地喊叫了一声。

魏鹏急忙把她放平，呈仰卧状，一只手抬起她的颈部，另一只手向下压她的前额，使她的头部后仰，开放气道后，又按住她的前额，一只手的拇指和食指捏住鼻孔，然后深吸一口气，张开嘴，紧贴着她的嘴，往里送气。他反复做着人工呼吸。

但是，王丽还是没有醒过来。看到她的脸色渐渐变白，魏鹏瘫倒在地上，痛苦不堪。

"怎么办？怎么办？"他喃喃地念叨着。

忽然注意到边侧茶几上，有两个红酒空瓶和杯子，好像想起来什么，他急忙跌跌撞撞地爬向大门前的小柜，去翻找安眠药药瓶，打开后发现已经没剩下几片了。

"怎么办？怎么办？"他一遍又一遍地重复着。

"这时候我不能离开公司，不能被干扰，正是实验的最紧急关头。"魏鹏痛苦地思索和挣扎着。

时间一秒一秒地过去，突然，他想起了一个人……

第三章　清明节的早晨

1

夜里，刘闯海医生睡得正香，梦见自己手捧着金光闪闪的大奖杯，站在一个大型舞台上大笑，下面是一群美女在冲着他鼓掌，周围布景都是鲜红色的，还有一队穿着泳装的女模特为他表演着舞蹈，这种行为要是在现实生活中，可能会引起一片哗然，不过此时没有关系，这是梦境给予他的特殊权利。

刘医生沉醉在梦里，他被一群穿着黑色西装的保镖前呼后拥地走下台去，正要和其中一位金发美女拥抱，突然急切的电话铃声划破了宁静，打破了美梦。

他以为是院里来了什么高难度的急诊病人，急忙摸着眼镜，拿出手机，屏幕上却显示是魏鹏的电话。

"啊，老同学，这么晚！啥情况？"

"我女朋友吃了很多安眠药，已经不行了。怎么办？帮帮我啊！"魏鹏几乎是哭喊着。

"先别急，我马上过去！"刘医生的身体像被弹簧拉起来一样，几秒钟就从床上跳了起来。

"哦，把详细地址发给我。"

几分钟后，一辆标有"魅海急救"标志的白色救护车闪着蓝光朝着公寓的方向疾驰而来，没有常规的120救护车的呼叫声，因为天还没亮，路上几乎没有车辆。但凌晨魅海市区突发大雾，20米以外的东西就看不见了。前方，又发生了两车相撞事故……

半小时后，救护车静悄悄地停在公寓楼下。

刘医生自驾比救护车早到了一会儿。他给魏鹏打了一个电话，然后拿着急救器械箱急匆匆地走进公寓。

魏鹏跌跌绊绊地开了门，见到刘医生差点倒在他的怀里。刘医生也顾不上安抚他，直奔向客厅。

首先对王丽进行了检查，她已经陷入深度昏迷状态，没有意识，呼吸微弱，血压下降，身体没有外伤，初步判断是喝酒后吃了过量安眠药引起的严重不良反应。不及时送往医院，会导致呼吸停止而死亡。刘医生看见茶几上有两个红酒空瓶和一只空的高脚杯，应该是安眠药和红酒一起喝下的。

魏鹏跪在王丽身旁，跟刘医生也是跟自己，不停地诉说着："昨晚，和她说暂时不能结婚，要推迟几个月，没想到她就吃了安眠药，我真笨，为什么没有早点儿发现！"他双手捂着脸，充满了悔恨。

刘医生在现场采取了必要的急救措施后说："要尽快送到医院。"

"拜托拜托。"

这时救护车医生、司机、护士跑步到来……

他们将她固定在担架上，抬着担架走出房门，抬到电梯内，将其倾斜竖立起来，王丽的身体也随着担架倾斜而竖立起来。

魏鹏手拿公文包，踉踉跄跄地跟在他们身后。

此时，马路上静悄悄的，天色还挺黑，他下意识地看了看手表，凌晨3点50分。

在行驶的救护车内，救护人员持续进行着急救处理，还有对生命体征的监护……

到达医院后，他们都认为没有必要再抢救了。但是，急诊科值班的医生还是坚持继续抢救。毕竟她还年轻。可是，奇迹没有发生在王丽身上……

工作人员安置好王丽的尸体后，经治医生填写了《死亡病例报告卡》，并着手开《死亡医学证明书》。

王丽生前是刘医生的病人，病历档案显示患有轻度抑郁症，她在医院治疗后，病情已经基本得到控制。去年又来医院开过安眠药。

刘医生把开好的《死亡医学证明书》交给了魏鹏，直接说："可以通知家属，进行尸体火化了。家属需要在这上面签字。"

这一切对刘医生来说，是再普通不过的业务，"你需不需要殡葬一条龙服务？交给他们也很轻松，你就不用管了，跟着流程走就行。"

"需要！"魏鹏像遇到救星一样。

刘医生拿出手机打了一个电话，不到10分钟，殡葬公司的人就来到了医院。医院周边的殡葬服务，通常都是24小时开机的。

只见来人戴着一副黄色镜片的防风眼镜，脸色有点儿发黄，中等身材，偏瘦，一身黑色套装。一看就是常年穿行在阴阳两道，与阴间沟通的人。

"我姓招，是销售负责人。"

寒暄过后，他开始介绍道："丧葬一条龙服务项目有遗体运送、后事安排、祭扫、火化环节。包括殡仪馆提供的整容、告别仪式、守灵、运送尸体的服务。火化是对逝者遗体进行火化处理，包括骨灰盒、火化炉和殡仪馆提供的各项服务。布置仪式的现场服务是家属为逝者举行告别仪式需要的花圈、祭品、音乐、主持。还提供殡葬场所租用，丧葬用品的购买，物品有纸钱、纸扎、花圈、花瓶、鞭炮。还提供守灵用品，有鲜花、香烟、食品、蜡烛。盒子的价位也是不一样的，有红木的、檀香木的，有外地亲戚来参加葬礼，还提供预订酒店住宿和用餐服务……"

招经理面无表情，一气呵成地说完了这一大段话。

听着他滔滔不绝的介绍，魏鹏只感觉身体一阵眩晕，看招经理有点儿重影，就差倒下去了，但他还是尽力保持着身体的平衡。

实际上，魏鹏一句话都没听进去，最后只点点头说：

"一切由你安排，简单快速就好。"

"这个时候，最好来一口威士忌，压压惊。"

在刘医生的办公室里，看着瑟瑟发抖的魏鹏，刘医生说："不过，我知道你不喝酒。老同学要挺住哦！先来杯热可可吧，也许对你有好处。"说话间，刘医生就端来了一杯速溶的热可可递给他，拍拍他的肩膀。

"多谢！"魏鹏有气无力地说了声。

"我们还客气什么，有什么事情需要我办的，尽管说！"

他一口气喝了大半杯热可可后，情绪好像稳定了一些。突然冒出一句："我得赶紧回公司！"他想着还有很多事情需要办理，不能在这耗着，浪费时间。

"好！那我送你过去。"

"不用，已经够麻烦你的了，还是打车回吧。"

"那好吧，保持联系，葬礼时间等通知，今天肯定排不上号，估计是在明天，我会参加。"

"好，明白了！多谢！"他的身体微微地摇晃着，踉跄地走出医院。

2

和刘医生告别后，魏鹏在医院大门口坐上一辆车直奔公司。

路上，他想着，虽然和王丽在一起将近四年，但是还没有见过她的父母。只偶尔听她说，父母住在齐鲁的一个小县城里，家里好像还在种地。

"师傅，麻烦看到前面有 ATM 机的地方停一下。"他的声音小得几乎听不见。

"好嘞！"

"我需要取点儿钱。"

"明白！你和刘副院长是朋友吧？"

"你怎么知道？"

"我在医院门前拉活好几年了，医院的人和事还是知道一些的。"

"哦。"魏鹏强打起精神回应了一声。

车在 ATM 机旁停了下来，魏鹏分多次，又换了几张卡，取了 5 万元现金。

车很快赶到公司，临下车时，司机说什么都不肯收费，"刘副院长已经付过了，这几天用车联系我啊。"并递给了他一张名片。临走时，又补充了一句："节哀顺变！"

"感谢!"魏鹏感到鼻子一酸,眼泪差点掉下来。

以往的科技园区大门口,快到上班时间,小汽车是一辆接着一辆,一位保安会对着进门的车辆举手敬礼,另一位保安会忙着引导车辆有序地进入和停车。人们陆续踏着晨光走进办公大楼,开启新的一天。而此时的大门口,空无一人。

当魏鹏从侧门进入时,保安室内的保安很警觉地盯着他看,点头示意。园区里面静悄悄的,安静得令人窒息,估计是放假的原因。

回到熟悉的办公室,他有着和平时完全不一样的感觉。

悲伤、痛苦、焦急、忧虑交织在一起。可是,他很明白,他是没有时间来感受痛苦和悲伤的,必须打起百分之百的精神,快速地投入工作。

他赶紧又从保险箱里拿出2万元现金,整理好后,看看手表,已经7点了,急忙掏出手机。"老张,不好意思,打扰你休息了,马上来公司一趟,带好身份证件。"

电话那头的老张,听到他低沉中还夹杂着沙哑的声音传来,也没敢多问,只回答一句:"魏总,我马上赶到。"

魏鹏给自己冲了杯黑咖啡,不加奶、不加糖。他在熬夜加班的时候偶尔才会喝上一杯黑咖啡,虽然很苦,但是也有香醇的味道,细细品味会有回味无穷的感觉。而现在,什么都不想,一口气喝下去,然后静静地坐着。

他是想让黑咖啡的苦味来刺激神经,让自己更加清醒。

一会儿，咖啡因似乎起了作用，比刚才精神了一些，感觉浑身冒着虚汗。

20分钟后，老张赶到，他有点儿上气不接下气地问：

"魏总，出什么事了？"

"你火速赶往王丽老家，先把5万元交给她父母，让他们带上一位或两位亲属到魅海，不要带太多人来，把户口本、身份证都带齐。"

惊呆的老张都来不及问是怎么一回事儿，领导安排的事情一刻都不敢怠慢："魏总，请放心，我一定办好这事。"

"这是2万块钱，给你路上用。还有，开我的车去，车在曼特顿公寓地下停车场，速去速回，路上注意安全！回来后，先把他们安置到酒店，你全程陪同，有需要家属签字的，你就配合殡葬公司的人员把事情都处理好。葬礼后，辛苦你还要把他们送回去，再帮他们把王丽的户口销掉。"

惊呆的老张愣神了好几秒，没有反应过来，信息量太大，他甚至难以相信听到的是真的。

他以百米冲刺的速度冲出办公室，忽然又停住，转身往回跑。

"魏总，王丽的事情具体怎么和她父母说？"

"你就说，王丽有抑郁症很久了，在家里喝酒后不太清醒，又吃了些安眠药，医生目前已经在积极抢救，具体不用多说。适当的时候，在回来的路上可以委婉地透露一下，医生已经下死亡通知书了。"

"明白了，魏总，我一定办好！"

这时，老张的后背已经完全被汗水浸透，感到阵阵发凉，更感到世界的无常和脆弱。但是，他还是表情镇定，尽力保持头脑清醒。这也正是魏鹏欣赏他的原因。

3

刘医生，和魏鹏同岁，皮肤稍白，戴着一副金丝边眼镜，不大不小的眼睛深邃而明亮，透露出自信和坚定。干净整洁的白色医生服，显得精力充沛。身高虽然在一米八以上，但给人以干练、动作迅速的感觉。尽管脸上会时不时地带着一丝笑容，但应该只限于对患者，总体感觉还是有些傲气。

他帮魏鹏把后续事情办好后，再次回到办公室。

此时，助理那小姐已经把一套麦巴克早餐放在他的桌上。

他一边吃着吐司面包，一边在想：如果是以前工作的医院，还有人给送早餐？这个时间已经忙得不知道在哪个病房巡诊了，要不就是开会、写报告、领导找谈话。一进医院就是精神高度紧张，患者把它叫超市，医生就是操作工，每天操作着不同的设备，还要面临着患者投诉，甚至挨骂，恨不得戴上钢盔、拿着棒球棍上班，以防止医闹，天天身心疲惫。

刘医生很庆幸自己做了人生最正确的选择，就是来到这家民营医院。他一边品尝着咖啡，一边乐滋滋地想着，感受的是一种情调，一种享受。

突然，有股不安袭来，他仔细地回忆着今天早上发生的事情和所做的每一步。

"没有什么问题啊。"他自言自语道。

根据自己从医这么多年的经验，王丽的服药时间应该已经超过6小时，而不是魏鹏说的3小时。身体没有外伤，显示是醉酒和过量服用安眠药导致的死亡。至于为什么会吞食那么多药片，可能是王丽在醉酒状态下，意识不太清醒，也可能是受到什么刺激，故意吃了安眠药。从目前的证据来看，对死亡的诊断是没有问题的。

想起当年入股医院的时候，手里还缺资金，是魏鹏借给他10万元。虽说现在本金和利息都已经归还了，但是，在魅海，能借钱给他的人真是不多啊，况且魏鹏那时才刚刚回国，公司在起步阶段，面临着很多困难。他们是在一次老同学聚会上，偶然相逢的。

他想："魏鹏能走到今天，实在不容易。"不过，他还是留了一个心眼，在魏鹏家时，趁着他哭泣，拍了现场的一些照片，没有什么特别的想法，他对魏鹏是绝对信任的，就是想把现场的真实情况记录下来。

他左思右想，还是决定向王院长汇报一下。起身，大步地走到王院长的办公室，轻轻地敲着门。

"请进。"一个洪亮的声音传来。

只见王院长，70岁上下，面色红润、头发乌黑、身材高大、精神饱满，他是有名的精神病方面的专家。

"院长，我需要向您汇报两件事。"

"好。"

"早上，警察送来一位骑摩托车出车祸的患者，昏迷不醒，身上没有任何身份信息，摩托车也没有牌照，不马上做手术会危及生命。急诊室向我报告，先办理了绿色通道。"

"嗯，先救命，再收费。"

"是，目前手术还算成功，患者在 ICU……"

"你担心……？"

"费用虽然先垫付了，就怕万一术后恢复不好……家属突然找上来，说不清楚啊。"

"哦，你是担心医闹啊？"王院长喝了一口刚用透明杯泡的枸杞白菊茶，茶香扑鼻而来。

"我以前工作过的医院发生过，就说手术做得不好，家属张口就要几十万，还天天赖在病房里，全科人头都大了。"

"应该不会的，要往好处想，希望患者尽快清醒，和警察也保持联系，能尽快查明身份。医院开通绿色通道的目的是为急危重症患者提供快捷高效的服务，我们也不要怕家属会惹事情。作为医生，如果想的都是恐惧、焦虑、不安，那就无法成为一个合格的医生。"

"是的。"刘医生表示赞同地点着头。

"还有一件事……"刘医生把王丽的抢救经过简单扼要地描述了一下。

"有时，即使我们穷尽手段，仍然会有人抢救不过来。患者去世，最难受的是家属，医生不能跟着天天流眼泪，但要不断总结经验，尽可能避免此类事件再发生，尽管这个是不太可能的。至于天气原因的延误，医院并不能掌控……"

"是的。"

"这也是一个实际工作中常见的话题。明知道病人救不活了，医生还要救吗？在一些情况下，对已经评估的临床死亡患者仍要继续抢救30分钟，尤其是患者比较年轻的，平时身体健康，猝然死亡，家属是难以接受这一残酷事实的，会要求医生再继续抢救。"王院长一挥手严肃地说。

"也是一种人文关怀吧。"

"嗯，无论患者在院外停止呼吸心跳的时间是多久，到了医院仍需要积极抢救半个小时，在进入医院前几秒钟呼吸心跳停止的，可能还会创造生命奇迹。上次不就是抢救五十几分钟都没有放弃，最后病人竟然不可思议地活过来了。还是要根据病情确定。"

"是的。为了争取最后的可能性。希望患者康复是医生都想看到的……"刘医生看着王院长桌上的玻璃杯中开出的几朵小菊花，仿佛看到了生命的迹象。

"走，我们一起去看一下，毕竟这么年轻，曾经还是我们院的患者。"王院长起身说道。

刘医生和王院长一同走出办公楼，在院内又步行了 10 分钟，到了一幢独立的二层白色小楼前。

正在这时，本来晴好的天气，忽然一阵风刮过，楼后大树的树叶"哗啦""哗啦"地响着，紧接着一股寒气袭来，两人不约而同地打了一个寒战，刘医生赶忙把衬衫领子竖起来。

小楼外面没有任何标志，进入大厅，右边设有管理员室，总务科的戚副科长已经在大厅内等候了。

"王院长好，刘副院长好！手续已经办好了，签字后，就可以进去了。"戚副科长神情紧张，鼻尖上还冒出了汗。

"谢谢！"刘医生接过登记卡，直接签了字。

他们换好防护服，电梯将三人送入地下室。

戚副科长以为两位院长表面上是来停尸间检查尸体，实际上是来检查太平间工作的。生怕有什么遗漏，仔细地介绍着，"这里是值班室，样本室，解剖室，告别室，器械洗涤、消毒间，更衣室……"

最后他们来到了停尸间，只见里面宽敞，整洁有序，一排冷藏柜整齐地排列着，等候着尸体入住。

王院长表情严肃地问："目前院内是否有无人认领的尸体？医疗事故有争议的有几件？"

"有两具尸体，已经超过两天了，还没有家属来认领，已经上报了。争议的有一件，正在处理……"戚副科长手里拿着几张 A4 大小的表格文件，一边看着，一边小心翼翼地汇报着。

刘医生虽然不具体负责管理这一块，但还是知道一些院里的规章制度。他心里也在复述：患者死亡后，不管是否存在医疗事故争议，都要将尸体送往太平间，其他地方不能停放。但是医院的太平间不是长期存放尸体的场所，空间有限，存放时间一般不得超过两周。

经过王院长对王丽尸体再次检查和确认，基本认定了刘医生的死亡诊断是没有问题的。医院在抢救生命垂危的患者等紧急情况下，已经尽到了合理诊疗义务，对抢救后无效死亡的不承担责任。

最后，他们身体上半身微向前倾，双手合十，对着王丽的尸体默哀。

刘医生悬着的一颗心终于落了下来。

第四章　消息传来

1

清明假期第一天，李影小姐在睡梦中，朦朦胧胧地被几声怪叫惊醒，仔细一听又听不到了，是狗叫还是人叫有点儿分不清，但可以肯定的是，声音不是从窗外传来的，而是从门外也就是走廊传来的。

她习惯性地，在左边床头柜上摸着手机，看了一下时间，才凌晨 2 点多，顺便又浏览了几页网页，都是和清明节相关的话题：

铁路和民航方面从昨天开始已经做好了准备迎接清明小长假的到来……

清明小长假预计发送旅客 1.4 亿人次，同比增长 140%……

清明节下雨的传说故事：很久以前，在江南某个村子里，有一位漂亮的女子被当地官员看中，想要强占为小妾，但女子坚决不嫁，跳江以躲避，被一英俊男子救回。与男子日久生情成亲后，两人过着幸福的生活，不久后生下了一个男孩儿，慢慢地女子知道了丈夫是龙而不是人。但好景不长，遇到大旱之年，女子请求他施法降雨，解救乡亲，不料却被玉帝发现他私自降雨，处以死刑。女子伤心欲绝，只好回到自己的家中。消息传到了县官那里，便派人来抓她。女子被装在猪笼里，抛入江河中，在这危急时刻，她的小儿子化为一条龙，拯救自己的母亲，可惜救上来时人已经断气。从那以后，清明节时，儿子都要前来祭拜，于是来的路上便一路风雨相随。

清明节的雨是小龙伤心的泪水……

鬼节的传说：中国一些地方将上巳节、清明节、中元节、寒衣节合称为"四大鬼节"。传说这一天鬼魂出没，夜晚，家家户户在自家每间房屋里鸣放鞭炮，驱鬼。鬼节祭祀的鬼魂，一般分为两种，一种是恶鬼，就是非正常死亡的鬼，比如杀死、溺死、烧死、吊死等鬼魂，民间称为枉死鬼。民间还有凶死者不得轮回转世而成孤魂野鬼或打入枉死城永世不得翻身的说法。这类鬼怨气最重，常常出来祸害人间。还有一种，就是"善鬼"，主要是死去的祖宗和亲人，这类鬼魂祭祀是祖先崇拜的体现。在原始社会，善鬼的概念与恶鬼几乎是同时出现的，人们认为，与自己有血缘关系的鬼魂非但不会害自己，而且还会在冥冥之中成为本氏族或后代的保护力量。这种思想对中国鬼文化的祭祀和丧葬习俗有很深远的影响，比如：清明节和鬼节的祭祖活动，通过仪式，召回死去亲人的鬼魂来享用祭品，并祈求鬼魂保佑和降福。

大概浏览了对清明节的介绍和新闻后，往下看，会跳出好多条清明节轶闻传说。再往下看，一则"清明节的灵异事件"专栏引起了她的兴趣，都是网友亲身经历的灵异事件：

事件一：每年一到这个时候，刚过清明节就是收人的时候。同事说：他的舅舅突然去世了。车祸很诡异，脑出血死亡的，其他部位都没有事。家里刚换的新车，儿子刚考上大学，本来幸福的一家，就这样没有了……

事件二：去年清明节躲在家里没跟父亲去扫墓，12点多了，想吃午饭，我家进厨房时需要先换鞋，忽然发现厨房内有一双鞋都是左脚的，以为是幻觉，眼睛出了问题，又等了一会儿过去看，还都是左脚的，连续去了四次，甚至直接用手去排列，还都是左脚的鞋。一直等到了下午再过去的时候，左脚的是左脚，右脚的是右脚。

事件三：清明节刚过，凌晨1点钟，我和舍友从网吧出来后往工厂宿舍走。大门已经上锁了，但我和舍友却看见一个穿黑色风衣的男人从小门进去。我们也很快走到小门处，发现小门是锁着的，保安正在里面睡觉。叫醒他后问："不是有人刚刚进去吗？你这么快就把门锁上了？"保安惊讶地说："哪有人进来啊？钥匙只有保安室里有，我一直在睡觉。"往厂院里面走的时候感觉所有的路灯特别亮，周围特别黑，我往厂房大楼那边看的时候发现多了一条平时没有的路。看到一个打着伞的红衣女人从那条路上走过来，伞打得很低看不到脸，那个时候天并没下雨，而且还是满天星星。我们逃命似的跑回宿舍……

　　看着看着，她不禁感到害怕，紧闭双眼不敢环视漆黑的四周，害怕突然在哪个大衣柜里冒出个人来，赶紧捂上被子，不停地数着：一只羊、二只羊、三只羊……不知不觉地，她又睡着了。

　　再次醒来，已经是清晨8点钟。

　　"起来，不能睡懒觉啊。"她自言自语道，坐了起来。

2

　　李影小姐穿着一件天蓝色碎花连衣裙，外面套了件同色系的短款毛衣，下穿一双咖啡色短筒马丁靴，潇洒帅气的英伦风穿出了甜美味。嗯，她今天要的就是休闲又精致的效果。

　　坐在吧台的高椅子上，享受着自制的金枪鱼三明治，喝了一口浓香的咖啡，不过今天多了一样重要的食品——艾团，寓意着团圆和谐。艾团是江南人家在清明节吃的一道传统点心，始于唐代，古时候用作祭祀，现在更多的是被人们当作春游小吃。

绿色的外衣包裹着豆沙馅的糯米团，散发着艾叶的香气，几小口就吃掉了一个，真是香甜可口。不过只能吃一个，再吃就会胖的。

她很满足地望向窗外，想着这几天的活动安排，计划明天乘高铁去灵湖游玩一番，最快的一班只需要四十几分钟就可以到达杭桂都。一早出发，当晚就可以赶回来。

今天的安排是先打扫房间，午餐再做一顿咖喱牛肉饭，下午品茶搭配牛舌饼，看看英剧。

"哦，将是多么美妙的一天啊！"她差点从座位上跳起来，想想都开心。

李影小姐用了20分钟就把屋内清理完毕，拎起垃圾袋准备下楼。

说起这公寓不方便的一点，垃圾需要自己往下拎，保洁阿姨会把走廊打扫干净，但不负责扔各户放在门外的垃圾，虽然物业费收得也挺高。当然，也可以先放到门外，下楼时顺便带下去。李影小姐不喜欢这样，主要是怕生活垃圾放时间长了会滴水，走廊会有味道，尤其是夏天。还有一个重要的原因，有养狗的人家经常进进出出，主人稍不注意，或者不拴狗，任凭狗在垃圾袋上乱咬，再碰到哪家垃圾袋内装有吃剩的肉骨头之类，走廊可是一片狼藉。

想到这里，李影小姐也是无奈，在大都市，养宠物的问题也是挺难解决的。前几天电视里，还播放了一期相关话题的节目，几位嘉宾分成正方和反方在讨论着如何解决城市居民养狗的问题。一位经常在电视上露面的资深评论家称：随着生活方式的多样化，城区养狗也在不断增长，随之而来的叫声扰民、影响环境卫生引发的纠纷很多，不文明养狗带来了一系列社会公共问题。另一位戴眼镜的女专家称："管理和规范养狗的行为已经刻不容缓。例如：接种疫苗、戴健康证和身份证标牌。"

如何使未来的城市生活更加安全和谐也确实是一个现实的问题。

回忆起在英国留学时，住进公寓前，被房东要求签一大堆合同。很多公寓会有一条特殊的条款：禁止养狗，甚至禁止停放自行车。当然养狗的可以去住没有这条规定的公寓，不过，这样的公寓挺少，而且手续复杂。感觉也挺合理的，减少了麻烦，少了邻里纠纷。

李影小姐一边想着，一边走向电梯口，按下行键，电梯很快就上来了，门一打开，差点儿和从电梯里急匆匆出来的赵女士撞上。

"哦，不好意思！"

"李小姐，出大事了，听说没？"赵女士兴奋地说。

"赵姐，什么事？不知道啊。"

"死人了。"

"谁死了？"

"那个女的，我隔壁的，听说酒喝多了，昨天晚上，不是，今天一大早抬走了。"

"你是说王丽？"

"是的啊。"

"不可能啊，搞错了吧？"

"是真的，天不亮往外面抬人时，被给'通宵'便利店上货的司机看到了，还看见那个男的魂不守舍的样子，也跟着上了救护车。"赵女士几乎是兴高采烈地讲着。

"知道是怎么死的吗？"

"好像是喝死的。说实话昨天也把我折腾了一晚上，一开始是那女的嚎叫声。"

"嚎叫？"

"就是两个人干那事。"

"哦！"

"就听那女的在叫，男的倒没什么动静。"

"那报警了吗？"

"不清楚。"

"亲人也不在这边，要是这样，可太可怜了。"她若有所思地说道，其实心里一点儿都不相信王丽死亡这件事。

"隔壁每天都喝酒，看她门口的快递就知道，各种红酒，喝得迷迷糊糊的，听说还有抑郁症，每晚靠吃安眠药入睡，早晚会有吃多的时候，虽然有点儿可惜，太年轻了。哎哟，跟你说实话，我一点儿都悲伤不起来。这几个月来操了多少心，我比她还要抑郁呢，真是善有善报，恶有恶报。"赵女士有点儿越说越激动，还吐槽不断。

李影小姐当然知道，她说的是装修的事情，估计这件事对她刺激也很大。看到她那义愤填膺的样子，先是安慰了一番，然后礼貌地打断她说："不好意思，有一些紧急的事情需要办，回头再聊啊。"

3

回到家里，刚才赵姐带来的这个消息，完全打破了追英剧、制作咖喱牛肉饭的兴趣。从那一刻开始，李影小姐脑子里充满了王丽的样子。

虽然王丽平时有些妖艳，但毕竟还是对新生活充满追求和幻想的女孩，怎么说没就没了？平时也不像有抑郁症啊，那么开朗，是不是弄错了？

她起身出门，朝着王丽家走去。

"王丽，在家吗？"

"有人吗？"

她轻轻地敲了几下门，没有人应答，家里应该没人。只有一个快递包裹在门口放着。

原定的午餐计划取消后，先把早上剩下的三明治吃掉，再拿出2个茶叶蛋，也是今天要吃的。茶叶蛋既有茶香也有香料的味道，尤其是有裂纹的，入味更深，寓意着新的一年身体健康，也包含着对于生命的敬畏。

一会儿工夫，茶叶蛋也吃完了，但感觉还是有点儿没吃饱，于是又把荠菜馅速冻饺子拿出来煮了半袋。

看着盘子里热气腾腾的饺子，忽然感到食欲好像又没有了。主要是王丽的事情让她忐忑不安，有种不祥之感。

她机械地从盘中夹了一个，蘸上老陈醋，一口咬下去，细细品味后，嗯，味道还是不错的，立刻就激发了味蕾上的感觉，再加入少许辣椒油和几滴香油，随后把一盘子饺子都吃掉了，终于算是吃饱了。

午餐过后，她决定到楼下散散步。

虽然住在这里有一段时间了，但每天忙忙碌碌地，都无暇顾及街区周边的景色。沿着街区向后面走下去，是一条小河，据说是翠江的一部分，河面上有几条旧船在不停地清理河道。

说起翠江，新魅海人不太知道，但说魅夜苏江无人不晓。一江两名，完全是不一样的人文情怀，翠江发源于古苏城碧湖源，是一条古老的河。鸦片战争后，英国驻魅海领事馆胁迫清朝的道台签订扩大租界协定书，才开始有了魅夜苏江的名字。

这里发展真快啊，公寓建成不久，李影小姐就住在这里了。刚搬过来时，河道散发着难闻的味道，人们几乎不会到后边转悠，下班后就直接进到家里不想出来，只在街区内散散步，逛逛超市。

两年过去了，现在的河道清澈透明，两岸种满了鲜花和各种树木，农业大学还在这里建了一个花草试验基地，免费对外开放。

此时，李影小姐走在河边。只见有的花正在绽放，有的已经打蔫了，有的是花苞，她基本叫不上名字，估计都是新品种。一排排矮树的枝头长出了嫩绿的小芽，像穿上了苹果绿衬衣，沐浴在春天的阳光下。

有几个孩子正在草坪上玩捉迷藏，玩得好开心啊。还有一位老人在角落里低声吹着笛子，也有年轻人沿着河道旁的步道跑步……真是一道美丽的风景线。

往坡上的草坪走去，只见一个男孩和爸爸正在放风筝。

清明放风筝是普遍流行的习俗。在古代，放风筝不但是一种游艺活动，更是祈求放走晦气、消灾解难的一种祈福行为。人们还会在风筝上写上自己的名字，放上天，然后剪断牵线让风筝飞走，这样就可以放走晦气，交上好运。

放风筝和风力的大小应该有着挺大的关系。

她观察到沿海地区的风筝规格有点儿大，内陆的风筝相对小。由于魅海市区受场地限制，只能在弄堂里面放，还流传了特有的"魅海弄堂风筝"。特点是小巧精致，对竹面的要求高，需要有韧性和弹性，才能飞得更高更远。

古人认为清明的风非常适合放风筝。《清嘉录》说："春之风自下而上，纸鸢因之而起，故有'清明放断鹞'之谚。"风筝，古称"纸鸢"，南方人又称"鹞子"。古苏城有谚语说："正月鹞，二月鹞，三月放个断线鹞。"在江南一带，过了清明后，因风向不稳而不宜再放风筝，清明这天是一年里最后一次放风筝了，故称为"放断鹞"。

在开放式小公园的中间位置，也是最高处，有一个绿色的木质凉亭，亭下有一些用石板做成的座椅，好像有几位老阿姨在窃窃私语。

李影小姐踱步走上凉亭，想加入其中，突然大家都停止了交谈，眼睛齐刷刷地望向她。

"阿姨！有什么好事情可以分享的吗？"

"你住哪里？"其中一位很瘦的阿姨问。

"就在里边。"李影小姐手往身后的街区指了指。

"曼特顿公寓出事了，知道吗？"

"哦，什么事？"

"杀人了！丈夫把妻子给杀了！听说外面有小三儿。"一位胖阿姨迫不及待地说道。

"不是小三儿，是女的外面有小白脸，男的一气之下就给杀了。"另一位戴眼镜的阿姨反驳道。

"哦，怎么可能啊？"李影小姐摇着头。

"这还不相信，男的都已经被抓起来了。"一脸褐色雀斑的阿姨很激动地说。

还有一位穿着印花衣服的阿姨急得头发都竖起来了，抢着插嘴说："是被隔壁邻居的丈夫杀的，两家有矛盾，很深的那种。"

"这些都是谁告诉你们的啊？"李影小姐感到不可思议。

"超市卖菜的阿姨说的呀。""保洁阿姨说的！""布鲁克街区的保安说的。""我家邻居说的。"大家七嘴八舌，你一句我一句地议论着。

李影小姐有些听不下去了，心想：现在的信息怎么传播得这么快啊。她赶紧一溜烟儿地跑出凉亭，跑出公园。

忽然，天变得阴暗，像冬天盖的厚棉被，把天空掩盖得严密无隙，紧接着雷声夹杂着闪电响起，清明的雨，果然如约而至。

午饭后散步的人们纷纷跑进街道两旁的商店里躲雨，脸上带着焦急和无奈的表情，只有她加快了脚步。

雨水洒在地面上，溅起朵朵小花，恍若很多个珍珠碎裂在面前，她不停地跑着，沿着学校，跑回公寓。

4

此时，公寓里面出奇地静，有很多本地人一大早就前往墓地去扫墓，带着鲜花和供品，以表达敬意和纪念；也有一部分人回了老家，在祖先居住的地方，摆放供品，进行祭祖活动，表示对祖先尊敬和感恩的同时，也希望祖先保佑后代子孙；还有一些人会去爬山，在回忆先人的同时，也可以欣赏风景，感受大自然的气息。

经过王丽家时，门口好像又堆放了新的快递包裹。

"一个天天网上购物的人，个性开朗的人，为什么就突然没了？"李影小姐情不自禁地问自己。

她心里有一丝伤感，昨天早上的遇见，或许她是王丽生命中见到的最后一个邻居。

进门后，她突然想到，刚入住的时候，应该留了王丽的电话号码，虽然一次都没有用过。她快速地翻看着手机通讯录，标着"308 王丽"的号码映入眼帘，直接拨打过去，电话是通的，但无人接听，连续拨打几次，都是无人接听。

她迅速地发了一条手机短信：

你好王丽！

你家门口堆放了很多快递包裹，如果不方便，可以先放到我家保管。

　另外，这两天没有看到你，也没有看到你的男朋友，是否安好？

　盼复！

312 李影

　发完短信，李影小姐似乎轻松了一些。

第五章　李影小姐寻访

1

"下午好，魏先生！我是殡葬公司的老招。"

"你好，招经理！"

"是这样，火葬场太忙了，正好又赶上清明假期，因为您是刘副院长的朋友，又着急，我给您办了个超级VIP，加了个塞，时间定在明天上午9点，需要您这边去的人提前做好准备。其他事情，例如仪式程序、具体需要烧的东西，我们都会为您准备好。办理手续，都有现场工作人员全程陪同，您这边都不用操心。只要相关的人准时到达就可以。"电话那头，招经理沉闷的声音在空中回荡。

"非常感谢！不过……时间上可能有点儿紧张……能否再稍微晚一点儿？"他担心老张赶不回来。

"是这样，魏先生！这个时间可是大有讲究啊，赶早不赶晚，中午过后阴气较重，下午火葬不太吉利……民间对鬼神还是比较敬畏，虽然有些迷信色彩。"

魏鹏也听说殡仪馆大都是过了中午后焚烧炉就不再工作了，但不是因为阴气重，而是工作流程决定的。他又记起招经理那张阴气很重的脸，深深地叹了一口气说："那还是按照原定时间吧。"

"魏先生，您看是否需要派车接？"

"让我想想，嗯，还是派辆车吧！稍后会把地址发给你。"

"好的，时间定在8点集合。哦，还有，魏先生，正常情况，今晚是要在家里布置灵堂的，在上车前还需要举行仪式，您看这边的情况是……"

"不用了，我会以我的方式悼念的！"

"还有盒子，您是准备直接拿走安葬，还是暂时存放在殡仪馆。"

"这个，我还没有想好！"

"好的，那我先按照暂时寄放处理，到时您再去现场办理一下手续就可以了。"

"好的！"

"那好，魏先生，先这样定了，有事及时联系。"

"谢谢！"

"应该做的！"

终于可以结束通话。

放下电话，魏鹏心里难受极了，想哭却流不出眼泪。但是，他还是控制住了自己的情绪，镇定地给刘医生和老张分别打了电话。

"明天上午 8 点，我过来接你，是到公寓还是公司？"刘医生问道。

"还是定在公寓吧，要回去换衣服。"

"嗯，明天见！"

"魏总，我还在路上，估计一会儿就能到王丽家，我会连夜赶回来。"老张大声地说着。

"好的，辛苦了，老张，一定注意安全！到了以后，你先睡几个小时，午夜再出发。"

"是！不用为我担心，我没事。"

挂断电话，魏鹏似乎感到有一点点饿，想想从昨晚到现在还什么都没有吃过，顺手从柜子里拿出一盒方便面冲泡上。吃了几口，感觉实在吃不下。

想着今晚一定要回公寓一趟，王丽的手机应该还在公寓，里面应该会有父母和亲戚的电话号码，一旦老张找不到家里人可以备用。

他强迫自己吃了剩下的方便面，穿上实验服，又回到实验室查看数据了。

2

李影小姐抬头看了看表，已经是晚上 7 点多了，感到莫名其妙的不安，她在房间内来回走动着，嘴里还念念有词：

"我尝有不安，邻里能相存。"

这时突然收到一条手机短信，是颜小玉发来的：

李姐！
想和你确定一下，是不是有邻居出事了？是死了吗？是自
杀吗？

李影小姐回复：

你好小颜！
具体这里说不太明白，如果方便，可以到我家里聊。

颜小玉回复：

好的，我马上过去。

5分钟后，颜小玉穿着一套绿色格子家居服，梳着一条马
尾辫，敲门进来，自然没有带雯雯，知道李影小姐怕狗。
她把颜小玉让到墨绿色的双人大沙发上坐下。肉肉的颜小

玉好像被绿色包裹着的超大号艾团。

李影小姐都有些担心沙发会塌陷。

"喝杯热奶茶吗？"

"好的啊，谢谢！"

她倒了一杯刚煮好的印度式奶茶，递给颜小玉。

"哇，太好喝了！"她喝了一小口，"怎么做的啊？好像和外面卖的味道完全不一样。"

李影小姐一边收拾茶具，一边说："其实挺简单的，是从大学里的一位印度教授那里学来的。用印度红茶，我有时也会用斯里兰卡红茶，不过，说起这些茶还都是来自中国的茶种，后经英国人之手，被种植在印度的。哦，接下来，把红茶、牛奶、桂皮、丁香粒、红枣一起煮制，要反复搅拌，让奶茶变得浓稠。再加入红糖制成，一般都是加入白糖，但我比较喜欢红糖，晚上喝对入睡有帮助。"

"哇，太复杂了，我还是想喝的时候，到李姐这里来吧。"

"欢迎啊。"

李影小姐也端着一杯奶茶，身着绿色连衣裙，在她对面的绒面墨绿色单人沙发上坐下。一抹浓郁的墨绿色，立刻成为客厅的主角，不张扬也不沉闷，有种春日夜晚的懒散的氛围感。复古的樱桃木更增添了一分暖意，和她身上的咖啡色羊毛披肩，形成了完美统一的画面，优雅而低调、风韵而含蓄。

颜小玉先开口说道："虽然我不太喜欢那个王丽，但是突然就死了，还是感到太可惜了，也比我大不了几岁。好像听到有人说是自杀。"

"自杀？"

"不是自杀吗？喝那么多酒还吃药。"

"自杀的可能性很小。"

"啊，什么情况？"

"只是表象吧。"

"那是怎么回事啊？"

"现在还不知道。"

"也有人说她是被杀的，为什么杀她啊？没房没钱，应该是那个男的在养她，家又是农村的。"颜小玉内心已经认定王丽是自杀的。

"任何情况都有可能。"

"外面还有人说是仇杀，这个年龄，能对她有多大仇啊？家里又不是有权有势的。"

"也许还有不知道的秘密，就像我们在这里住了两年了，大多数人平时很少和别人交谈，最多是点点头，所知道和了解的，基本都是本人想要别人知道的。"李影小姐两手捧着奶茶杯，若有所思。

"嗯，有道理。"颜小玉赞许地点点头，又连喝了几口奶茶。

"你经常白天在家，有没有看到出事前后，有什么奇怪的事情发生？"

"应该没有。"颜小玉不假思索地回答。

"比如说,装修的工人到处乱窜啊,快递员有可疑的,或者有陌生人出入。"

"过节前一天,有个工人在走廊里面走来走去的,好像还进到她家中,被她吼了一声,听见那工人笑嘻嘻地说,'我就想看看你家的装修风格。'"好像是奶茶起了作用,颜小玉似乎也开始想起一些事情。

"还看见她隔壁,赵姐在她家门口转悠,好像还进去过,但很快又出来。"

"还有其他人去过她家吗?"

"好像没有了,也好像有,但是想不起来是谁了。对了,我还看见你了。"

"我?"

"是的,你好像也在她家门口停留过。"

"哦,有可能。好的,你再想想,还有谁去过?"

"这个……"颜小玉连续打了几个哈欠,好像困意来袭。

"哦,今天有点儿晚了,先回去休息吧。"

"再说一会儿吧。"

"先休息吧,慢慢回忆一下,想起来就告诉我。"李影小姐觉得再问下去,会让她紧张。

"好吧,李姐,晚安!"

"晚安。"

颜小玉离开后，她给自己又倒了一杯奶茶，随手打开电视机，看看能否找点儿灵感。

奶香浓郁，品茶的瞬间，时间似乎凝固了。她的脑海里，有了一个大胆的设想，但还不是很成熟。

3

已经晚上9点多了。

李影小姐心想，"再等等，再等等！"电视机也关掉了，怕听不到走廊的声音。

说起电视节目，晚上除了一些时事节目、新闻访谈、法治类节目外，其他很少看。她喜欢看惊险、悬疑，又烧脑的侦探推理片。

在电脑上看《福尔摩斯探案系列》《大侦探波洛系列》，看几十遍都不过瘾。日本社会派推理小说作家松本清张的作品也好看，还有年代久远的江户川乱步，他创造了"明智小五郎"这个小说人物，《金田一少年之事件簿》《名侦探柯南》里面出现的"小五郎"就来自于此。东野圭吾的作品一开始的时候挺好看，但后期的作品有点儿……

想着想着，时间快到10点了。

突然手机屏幕亮起，一条短信竟是来自王丽的号码，写着：

你好李影小姐！

我是魏鹏，王丽的男朋友。谢谢你对王丽的关心，她已经不幸去世了！快递我已经收好了。

李影小姐立刻回复道：

你好，魏学长！

实在感到震惊！因为我与王丽说起来还算是半个老乡，真是太难过了。请告知王丽葬礼的具体时间，我想参加她的葬礼，她在这里应该没有什么亲人。

另外，王丽在几天前，曾经跟我借过一个工具箱，里面装有扳子、钳子、螺丝刀之类的，她说要钉画用，能否还给我？谢谢！

李影小姐出生在一个军人家庭，从小受到的教育就是要实事求是，做一个诚实的人，正直的人。而且在平时的生活和工作中她也是这样要求自己的。但是，在一些特定的背景下，如果需要，她也会把谎言说得滴水不漏。尤其是她有多年的海外生活经历，心理素质还挺好的。

回复魏鹏的短信后，她换上一件宽大的、白色立领真丝国服，下面穿着一条黑色的八分阔腿真丝裤，正襟危坐，闭着双眼。心里在数着：100、99、98、97……她屏住呼吸，小声嘟囔着："再数数，再等等。"数到 20 时，电话响起，果然是魏鹏打来的，她赶紧按下绿色的接通键。

"我是魏鹏！"

"晚上好！实在是打扰了！请问你现在是在公寓吗？"

"是的。"

"我知道，魏学长，你此时一定挺难过的，但我还是想去打扰一下取回工具箱。真是不好意思！"

"那你过来自己找吧，我刚才找了一下，没看到。"

"好的，现在过去。"

4

在屋中央，李影小姐自然站立，慢慢呼气，用力收腹，尽量排出肺内的空气，再用鼻子慢慢吸气，几秒后，胸腔内气体充足得已经不能再吸时，屏住呼吸 5 秒钟，然后缓缓地吐气。

每当她感到心情紧张和压抑的时候，她都会用这种方法缓解，使情绪更趋于平静。感觉特别有效。

5 分钟后，她淡定地敲响了 308 的门。

"你好！请节哀！这么晚了，实在不好意思。"

"你好！没关系，请进！"魏鹏轻声说。

进入屋内，灯光稍微有些暗淡，她看到有临时搭建的供有祭品的一个小供桌，正中间摆放了一张王丽微笑着的彩色大照片，两边白色的粗蜡烛在慢慢地燃烧着。照片前方依次摆放着供盘，装有水果、糕点、菊花、米饭、香烛、白酒。

她点上了一炷香，为王丽祈祷。

之后不自觉地，李影小姐的眼光落在魏鹏那张憔悴的脸上，只见他的眼睛布满了血丝，脸色有点儿苍白，可能是没有休息好。他上身穿着一件黑色的长袖衬衫，下身是一条黑色的休闲长裤，显得更加脆弱。看到这里，她真有点儿不忍心问下去。

"不好意思，因为我昨天早上才看到王丽，她对我说马上就要登记结婚了，怎么就突然发生了这种事情？"她还是直接问了。

"都怨我！都是因为公司的事情，实验做得不太顺利，最近心情也不太好，压力很大，但是没有告诉王丽，怕她烦心。唉，只说婚期要拖延一下，没想到她这么想不开，主要是她又喝了那么多的酒，都怪我睡得太死，因为实在太累了，每天都在实验室值班。"魏鹏满脸悲伤。

"哦，是这样啊，王丽一直都睡眠不好吗？"

"有一段时间了，可能是我经常不在家，她没有安全感，这两年她经常说睡不好。有时候需要吃安眠药。"

"医生每次不是只能开少量的药吗？"李影小姐谨慎地问道。

"她可能把平时的药攒起来了。"

"是这样啊？"

"可能是她和酒一起喝下去的缘故。这不，我都还没有动过任何东西。酒杯都还在那儿。安眠药瓶里面还剩下的药都在那儿。"魏鹏指着茶几说道。

"哦，还有剩下的药？"李影小姐内心很惊讶，表面却很淡定。

"是的，在那边抽屉里面放着的，我当时翻出来看到只剩下几片了。"

她看了一下药瓶，里面真的还剩下几片，"王丽大概吃下多少片？"

"具体吃多少片不是很清楚，关键她还是在醉酒状态下。"

"是这样啊！好吧，魏学长！我就不打扰你了，你也别太伤心，公司还需要你啊。"

"是的，我马上要回去继续盯着实验，这是我多年的心血啊！"

"哦，顺便问一下，学长研究的方向是……？"

"生物技术。"

"如果没猜错，应该是弱项？"

"是的。"

"你是做哪一行的，听王丽说你也是海归？"

李影小姐自嘲道："哦，就是海龟，威斯敏斯特大学毕业的，国际商法硕士，和魏学长比不了，学文科的，回国基本用不上，在医疗科技公司，负责研发产品的相关法律事务。"她柔和的眼神中，透出真诚、自信和坚定。

"哪里，太谦虚了。"

"魏学长，能否问一下你回国的时候多大年龄啊？"

"已经 36 岁了。"

"那你在美国没有女朋友吗？"

"唉！一言难尽啊，也有过，早就分手了，那时一贫如洗，就是个穷学生，面对重重压力，有来自文化上的差异、高强度的课程，也有经济压力。能顺利毕业就不错了，谁会跟我啊，尤其是男生，在国外更没有优势，你也留过学，肯定也知道我们的处境。"

她轻轻地点点头："理解，还有孤独感和寂寞感，更有对未来职业发展的不确定性。"

"是的。"

"好的，魏学长，那就不打扰了，有时间再聊。"

"哦！真糊涂，我把最重要的事情忘了，葬礼的事。"

"葬礼是明天 9 点举行。我并不想让太多的人知道，只有少数朋友和王丽的亲属参加，如果学妹执意要去，我也是万分感谢！王丽也一定会欣慰的。"

"我要去！"她坚定地说。

"好，8 点楼下见，有车来接。"

"好的，学长也请注意身体！晚安！"

"真高兴和你交谈，不好意思也没有喝杯茶。"

"没关系，真的是打扰了。"李影小姐点头表示谢意。

"晚安。"

她道晚安后，赶紧走出来。只听到魏鹏还在后面嘟囔着："工具箱……"

李影小姐掏出钥匙，要打开房门时，余光看到一侧走廊尽头，有一个年轻人正在轻轻地敲着一户房门，由于夜间灯光昏暗，再加上走廊比较长，看不清，应该不是熟悉的人，她赶快进了家门。

第六章　李影小姐做决定

1

清明节的第二天，上午9点，王丽的葬礼如期举行。

魏鹏、刘医生、老张、李影小姐，还有王丽的父亲老王一道出席了葬礼。葬礼在招经理的安排下，顺利地完成了所有流程。

老王坚持要把女儿的骨灰盒带回老家安放。

魏鹏又和刘医生借了20万元现金，交给了老王，让他好好安葬王丽，等公司渡过难关后，再去看他们。之后，老张直接护送老王赶回老家了。

其间也省去了民间的一般习俗，就是"吃白喜酒"，也叫"送葬饭"，也有叫"吃豆腐饭"的。提起"吃豆腐饭"，指的自然是素菜素饭，偶尔也会有荤菜，但是现代人，已经是大鱼大肉了。时代在发展，类似"送葬饭"也不是必须吃，具体还是要尊重当地的风俗习惯。

参加葬礼后不想吃饭也是可以理解的，也许急着赶回去工作，或者情绪低落，食欲不佳，都是正常的。

至此，生活好像一如既往。

虽然前后几个小区有所传闻，但是，本街区的人为了自身的利益，房价不能够跌下来，大家默默地达成了共识，保持沉默。

再加上公寓里面的住户，都是人来人往，经常换人。大家都不太会真正关心彼此，甚至都互相不认识，即使同在一个楼层里，都可能没有说过话，见过面。有时擦肩而过，也只是礼貌地点点头而已，没有过深的交往，有时候甚至今天认识，明天对方换了一个发型、一件衣服都会认不出。

这也正是年轻人愿意居住的地方，因为没有人会过多地干涉别人的生活，比较轻松自在。不像在老小区，大家会品头论足，到适婚年龄没有结婚，周围就会有很多老阿姨给张罗介绍。

要说在这座公寓里面有谁还能一直想起她这个人的，可能也就是李影小姐了，当然还有魏鹏。倒不是出于很深的个人感情，李影小姐的祖籍是齐鲁，父母在少年时已经离开家乡，所以和王丽也只能算是半个老乡。

大家平时早出晚归，也基本见不到彼此，但就在她死之前的偶遇，她还那么开心地告诉李影小姐喜讯。

她回忆起自己在英国勤工俭学时的情景，身在异国他乡，没有亲戚，也很少有朋友。只想着要快点完成学业，赶快回到家乡，和亲人团聚。其间，她目睹很多人得了抑郁症，再也回不到家乡，回不到祖国。抑郁症和焦虑症，一开始很难被发现，一旦发现，轻者可能是自残，重者可能就是自杀了。

家乡的老邻居于阿姨家的孙子，才华横溢，才二十多岁，前年莫名其妙地在德国留学时跳楼身亡。原因迄今不明。

她想起在国外大学的校园里见到很多来自不同国家的学生中途精神异常，行为古怪，无法完成学业，最后被送回自己国家的情景比比皆是。

至今李影小姐还会时常想起那位华人女生，研究生已经读了好几年还没有毕业，经常会看到她，一只脚穿着红色的袜子，另一只脚穿着白色的袜子，自言自语，独自在街头走来走去。还有一位来自美国的黑人留学生，据说在大学里已经待了10年，博士还没有毕业。李影小姐每次上早课，都能看到他拖着一个黑色的大皮箱，喃喃自语，从校园内往外走，几年如一日，不知道在忙什么。

皮箱里到底装的什么已成为不解之谜。

王丽的情况有所不同，她的家乡就在很近的地方，随时都可以回去探望。李影小姐对王丽的事情还是感到不那么愉快，对她并没有深刻的悼念，但是充满同情，尤其是和她最后见面时，她那灿烂的笑容一直在脑海里出现。

王丽也算是千万魅漂中的一员，在魅海生活和工作但没有户籍的人群。魅漂包括各种背景的人，有刚毕业的大学生，也有社会人士，他们为了追求梦想而选择留在这里，早期可能没有固定的住所，搬来搬去，给人飘忽不定的感觉，因此得名。

当地人可能是有意识，也可能是无意识地划分了界限。外来人口、打工者这些词语经常会在生活或媒体中出现，感觉像划分了等级，使一些青年的认同感降低，很难真正融入这里。这些因素也会影响着他们出现焦虑和心理疾病。

唉，可是有些事情是没有办法从根本上解决的，现实还是挺残酷的。想要降低伤害，心理调节很重要，只能将自己的内心变得强大。

王丽的那声"早上好"温馨的问候，一直萦绕在李影小姐心里，她想应该要为王丽做点儿什么……

2

葬礼过后，李影小姐回到家中，坐在窗前，拿出那套自己最喜欢的、精美的英国百年老厂出产的青花复古蓝色花朵瓷器，还有一套"古英国城堡"暂时还不舍得用，这都是侄女小玲珑用大学毕业后的第一份工资从香鹏寄给她的，作为乔迁之喜的礼物。

沏上一大壶红茶，拿出她最喜欢的京城点心，说到点心，魅海也有很多有名的点心，蝴蝶酥，老魅海人有时需要排着长长的队伍去购买，她也曾经在繁华大道上的商店排队买过，但实在觉得不是太喜欢吃，同时也分享给家人和朋友们，大家出奇地一致，认为真的不觉得好吃。她想，这可能就是南北方的差异吧，老魅海人也不一定就觉得有多好吃，但是它代表着小时候的味道，对家乡的怀念，是一种情怀吧。

李影小姐拿了一块牛舌饼放入口中，皮酥得直掉渣，她赶紧用手接住，抽出一张纸巾，最喜欢的就是椒盐馅，香醇可口，淡淡的咸，恰到好处，再喝口纯正的红茶，满足感油然而生。

牛舌饼的味道与在家乡时母亲制作的点心味道差不多，唯一缺少的是现场烤制时，从烤箱飘出来的阵阵香气，还有母亲的笑容、爸爸的微笑、家的温暖和幸福的味道。

稍许，她情不自禁地又望向点心盘，这个枣花酥也是最爱，甜度适中，枣香味浓，颜值高。据说它是清朝皇室婚丧典礼必不可少的礼品和摆设，后来传到民间。

品一口茶，她望向窗外，陷入沉思，不禁轻声朗诵道：

"坐酌泠泠水，看煎瑟瑟尘。无由持一碗，寄与爱茶人。"

这是白居易的诗句，大概意思是：倒一鼎清凉的水，看着正在煎煮的茶粉细末如尘。手端着一碗茶无须什么理由，只是将这份情感寄予爱茶之人。李影小姐猜想，诗人此时应该是怀念某位亲友或者朋友吧，具体是谁也说不好。

有好几分钟她都没有再拿起茶杯和点心。她必须整理一下自己所知道和看到的事实以及存在的疑问。

在葬礼上，她曾经和刘医生有过短暂的交谈。

"我有时也会睡不着，工作压力很大。去医院，医生只给我开了几片安眠药。"

"现在其实年轻人当中有很多得抑郁症的，只是大家都不太重视，都认为自己怎么会得精神上的疾病呢？一听到精神病都会觉得很不能接受，"刘医生轻声说道，"下次你可以找我……"

"好的，谢谢，我会的。刘医生，实在不好意思，请问你给王丽开的药，每次只是很少的量吗？"

"因为你是朋友，我实话和你说吧，我每次都是给她开两周的剂量，但是大家都是熟人，来回跑也确实是很浪费时间，但院里又有规定不能多开，建议她也可以去大型药店或其他医院药房买。没多久，她来医院复查时好像提过，说在某医院门口'黄牛'那儿买了一瓶。我还嘱咐她，一定不要多吃。唉，谁想到会出这么大的事情。"刘医生很惋惜地说。

"她大概服用了多少？"

"从当时的症状来看，属于过量服用，关键还是醉酒状态。很难抢救过来。"

"能否记得那是什么时候的事情吗？"

"我昨天看过，是去年 10 月份。"

李影小姐在不停地回忆着和刘医生的对话。在王丽家里看到的药瓶，为什么不是在茶几上？为什么是在柜子里？如果剩余的药是在柜子里面，那就意味着王丽可能是在门口附近吃下药片，然后再走到茶几处喝的酒。如果是在柜子前吃的药，为什么还有剩下的，而不是把它全部吃掉，直接把瓶子扔掉？而是还要把瓶盖拧好后，再放入抽屉里。

如果王丽仅仅是和平常一样，为了更好地睡眠，那只可能吃一两片，即使是喝了很多酒，即使是有暂时的昏迷，也有可能会救回来，魏鹏做了急救，刘医生也到了现场，又送到医院再抢救。

还有，从去年开药到现在至少有 150 天，就算每两天吃一片，那剩下的药量应该也不会很多啊，但现在还剩下了几片……

假设，如果是有人提前把大量的安眠药放入酒中，那么性质就完全不一样了啊！这种情况，魏鹏的嫌疑最大，因为只有他有时间。动机是什么？只是不想结婚？想分手？为什么？有妇之夫？什么……被发现？

她在纸上写下这些问题。

但是通过和魏鹏的聊天，他好像不太可能是杀人凶手。如果他不是，又会是谁？害死王丽的动机是什么？有什么好处？想和魏鹏结婚？那一定是魏鹏身边的女性，她是谁？又是怎么把药放入酒中的？

越往下想，李影小姐的面色越凝重。

她需要做一个决定，连王丽的家属都没有提出什么疑问，回想起那张饱经风霜、典型的农民的脸，看起来比实际年龄老上10多岁，一想起王丽的父亲，李影小姐的同情心油然而生。

还是让她安安静静地去天堂吧，为什么还要再去打扰她？就像那句常说的："安息吧，天堂里没有痛苦和疾病……这就是个正常死亡。"李影小姐随即叹了一口气，对自己说："你的感官和思维太敏感了，想象力太丰富了，整个事情都是你七拼八凑想象出来的，根本没有什么事实依据。"

但是……在大事上自己的感觉还是挺准的，这是上天给自己的天赋，也是一种自信。

不过又一想，"即使退一万步讲，就是真的，我又能为此做点什么呢？"

她的大脑深处在不停地斗争着，可能是还有几天假期的原因，李影小姐明白，无论如何也要试试。

第七章　暗夜惊魂

1

老张躺在床上，辗转反侧，难以入眠。一闭上双眼，梦中的情景一一浮现。

午夜时分，梦见在一偏僻的山村里，周围是茫茫的森林，一眼望去，一排排的坟头矗立着。从其中一个坟墓里面，猛然传来"咚咚""咚咚"的声音，接着坟墓裂开一条缝隙，似乎有一双大眼睛在观察外面的动静，静观几秒钟后，突然"哗啦"一声土块崩开，坟墓裂开一个大口子。慢慢地，一只长长的、纤细的女人的手露出，然后，另一只手也慢慢地紧跟着露出来。又过了一会儿，足足有一米多长的黑色的头发和人形模样的东西，从坟墓中爬出来，一点一点地靠近，但始终看不到眼睛。爬着爬着，突然，一道闪电划过，才看清两只眼睛的位置是空空的两个黑洞。

半夜里，老张突然大叫着被惊醒，噌地坐了起来，喘着粗气，大汗淋漓，像撞见了鬼似的，可把老婆张嫂吓了一大跳。

"做什么噩梦了，把你吓成这样？"

"哦，没事，可能就是有点儿累了。"老张定了定神。

"么得命，能不累吗？连续开了二十几个小时的车，也没睡，连个替换的司机都没有。"

其实张嫂只知道他出差，至于具体干什么，完全不知情，老张从来不会在家说工作上的事情。

"能安全回来就不错了。"张嫂还在唠叨着。

"你懂啥，这就是工作！和部队布置下来的任务是一样的，必须完成。"

"好吧，不和你说了，也说不过你，快睡吧！"张嫂无奈地转过身去。

老张又强迫自己躺下，想起小时候，爷爷给他讲过的《聊斋的故事》中女鬼从坟墓中爬出的情景，打了一个冷战。

不知不觉地，又迷迷糊糊地进入了梦乡，继续着刚才的梦。白衣女鬼渐渐地站起来，这次眼睛处不是空洞洞的，而是一双似乎熟悉的大眼睛，使劲地盯着前方看，嘴里还不停地喊着："老张，老张，救救我！"隐约的呻吟声，从黑暗中传来，让人感到恐惧不安。

老张猝然间被再次惊醒，不过这次他控制住了自己的身体，也没有喊出声来。

他不敢再睡，但还是浅浅地入梦了，感觉在他身边的女子有点儿面熟，画面挺像聊斋女鬼伍秋月，对着他耳边说话："我在 20 岁那年早亡，10 年后会复活，然后会嫁给鹏哥哥，所以我一直在此等候，10 年即将过完，我也终于等到了你。"

他又被吓醒了，这时，伍秋月的脸逐渐变得清晰起来，变成了他熟悉的面孔。王丽的身影时不时地出现在眼前，把他逐渐从梦境拉回到了现实，他情不自禁地喊了声。

"那么漂亮的姑娘，可惜了！"

"谁漂亮？"张嫂迷迷糊糊地喊了一句。

"女鬼！"老张大喊一声。

"真是见鬼了！"张嫂嘟囔一声继续睡了。

被习惯称呼为老张的，实际年龄也不比魏鹏大多少，也是四十多岁。老家是东海启月城乡下。他年轻时当过兵，在部队时还曾经担任过排长，转业后想考公务员，但是因为当兵前只读过高中，文化课这关难过，只好放弃了。老家的男人们大部分在全国各个城市，甚至是世界各地从事建筑行业，有"建筑之乡"之称。有的在国外干几年赚到很多钱，让人羡慕。

但是，老张不太愿意，当兵 8 年，一共也没有在家待过 30 天。父母年龄也大了，关键是会错过儿子重要的成长期，想想自己文化水平不高，但一定要把儿子培养成有学问的人。他选择了离家最近的大城市魅海打工，这样，每星期都可以回家团聚，老婆和孩子也可以随时过来。工资虽然不是很高，去掉租房子的费用，也可以将就维持一家三口的开销。

去年，儿子考上了金陵都的一所大学，老张也稍微轻松了些，但是，一想到儿子的大学花销、结婚生子都需要钱，想想还是一刻不能停下来。他之前在一家公司当保安，几年前来到魏鹏的公司，对外的职务是办公室主任，同时还要兼职安全保卫工作。公司还在创业阶段，考虑到成本问题，不会雇用很多员工，他一直是身兼数职。

老张很喜欢这份工作，一是工作环境好，在高科技园区里面，相对安全。但是，生物实验室的安全风险还是很高的，可能会有危险化学品的危害，火和电的危害，也有可能是使用仪器不当造成的安全风险，实验动物的安全风险也是存在的。像近期流传的美国一个生物实验室，一只被单独隔离在一个封闭房间里的感染病毒的小白鼠，在实验员开门的瞬间，突然逃脱了，引起了社会的担忧。

公司实验室里也有大鼠和小鼠，也不能掉以轻心啊。

还有突发事件，甚至恐怖袭击的可能性也是有的，需要时刻保持警惕，不过这部分工作对于带过兵的老张来说也不是特别难的事情。

老张还有一个优势，就是他到政府各个部门办事，也还顺畅，有时候他还能遇到以前同在一个部队的战友们。

魅海及周边地区大部分说吴越语，语言沟通起来更方便。吴越语是汉藏语系汉语语族下的一支语言。不过，现在魅海使用吴越语的人数在逐渐减少，因为年轻一代对吴越语的兴趣在减少，有被普通话代替的趋势。

想着想着，不知不觉，天已经大亮了，老张立刻起了床。

"哎呀，你起来这么早做啥？接着睡啊！"张嫂是和老张同一个村子的，和老张同岁，是一位浓眉大眼、五官端正，头发黑黑的，皮肤不是很白，但肤色很健康，身体强壮的女人。

"我要去公司。"

"不能在家休息几天啊，清明节是国家规定的法定假期，身体也吃不消，再说有三倍的加班费吗？"她心疼又抱怨地说。

"你怎么那么多话呢？早餐有吗？"

"只有豆浆和油条。"

"正好想吃这一口。"

张嫂随即端来了一碗热豆浆，四根油条和一些小咸菜。老张三下五除二就消灭掉了，然后洗漱，往头发上抹了一些发亮的头油，寸头显得更加利落精神。白色上衣和黑色裤子，再穿上锃亮的黑色皮鞋，手拿着一件黑色西装外套，潇洒地往肩上一甩，出门了。

"早点回来啊！不要疲劳驾驶！"张嫂还在后面不停地喊着、叮嘱着。

2

清明节的第四天，老张先把公司外围巡视一圈，巡视每一个实验室、楼梯走廊的每一个角落和房间的犄角旮旯儿后，已经11点多了，还没走到办公室就听到一阵急促的电话铃声在响，他一路小跑过去还是没有接到。

虽然，老张已经在电话里，把陪着王丽父亲回老家安葬的事情做了汇报，但有些细节还是没有来得及说清楚，想到电话可能是魏总打来的，又急忙去魏总办公室，但是魏总不在，他心里想："那一定还在小实验室，刚才看到过他，就不要打扰他了。现在可是研发的关键时刻，不久，奇迹可能会发生，又一个新产品会研制成功。"想到这儿，老张都有点儿激动。

为了不再错过办公室的电话，他急忙去食堂打包了一份饭。科技园区的好处就是三餐都有，即使放假，食堂也不休息。

他把一个肉丸放到嘴里，肉丸入口即化，鲜嫩可口，油香不腻，再配上一碗大米饭，这是老张除了红烧肉以外的最爱。虽然园区食堂的师傅做的红烧肉丸，没有以前在部队的时候来自琼花都的司务长老万做的地道，但能在繁忙的工作午餐中吃到，他已经倍感幸福了。

看着饭盒中剩下的最后一个肉丸子，他又想起了司务长老万那娴熟的刀工在案板上飞舞……突然座机电话又急促地响起，他赶紧拿起电话。

"你好！"

"你好！请让老张听电话，谢谢！"

"我就是，请问你是……"

"不好意思，打扰了，我是前天参加过王丽葬礼的李影。关于王丽，有些事情，我还想了解一下，魏学长太忙了，我想，你应该是比较了解王丽的，我们能不能见一面，电话里不太方便说。"

"哦，这样啊！我记得你，你是王丽的邻居？"

"是的。"

电话这边，老张稍微停顿了一下，但很快说："你想什么时候见面？"

"如果不耽误你工作的话，能否下午 2 点，在园区外面的咖啡馆见面。"

"请问你还是在曼特顿公寓吗？"

"是的啊。"

"还是我过去方便，我开车过去。"

"那实在是太好了！"

"下午 2 点钟，我们在公寓下面，'蓝色的海'咖啡店见面。哦，顺便能否把手机号互相留一下。"

"好，没问题。"

老张放下电话后，突然感到有点儿茫然。

"会是什么事情？"又有点儿后悔答应，主要是答应得太快了。但转念一想，既然能参加王丽的葬礼，就一定也和魏总很熟悉。既然是王丽的事情，自己又和她做过两年的同事，也是应该帮忙的。

不过，究竟是什么事情呢？

3

李影小姐从公寓大门出来，沿着右侧往前走，绕到公寓的正面，就是临道路的一面，不需要走下大台阶，一直往右边走，经过潮品服装店、美容店、化妆品店、高端水果店、点心店，在花店和葡萄酒精品店中间就是"蓝色的海"咖啡馆。

其实从公寓出来，在转弯处就有一家漂亮的咖啡馆，驻足在咖啡馆前，仿佛会看到奥黛丽·赫本手拿着纸杯咖啡，啃着牛角面包，在看《蒂凡尼的早餐》的画面。

李影小姐经常会在周末的早上，尤其是下着小雨的清晨来这里，独自坐在落地窗前，看着窗外的细雨，有时也会翻看一本书，静心于自我内心的时候是一种奇妙的美，就像咖啡的味道，让人迷恋。这种感受，她只想独自拥有，不想与人分享。

时间还早，她接着往下散步，拐角处是一家中型生鲜超市，门外人来人往，充满了生活气息。超市的旁边是一个小型的地上收费停车场，应该是为了方便开车经过的人们购物而设的。

往回走，只见葡萄酒精品店玻璃橱窗里面的各式各样的醒酒器、酒杯和五颜六色的酒瓶交错地摆放着。从外面玻璃窗可以看到，在店内中间位置摆放的一张大型桌子，用于店内促销、结账和品酒用。驻足店外，时不时地还能闻到前面花店飘来的阵阵香气。

迈进花店，只见店内摆满了百合花、玫瑰花，还有花草盆景。花店不是特别大，但是品种齐全。李影小姐经常会到这家店买花，没时间的时候，还会让女店员小于送到楼上。这次店里又增加了新的创意，在中间位置摆放了一个不大不小的鱼缸，鲜艳的鱼儿们自由地游来游去，在花丛中观赏鱼缸，感觉非常奇妙。

"你好，李小姐，今天需要什么花？"

"哦，你好，小于，我是要到咖啡店，但被这里的香气吸引过来，顺便进来参观一下。"

"没事的，您慢慢看，有事，请叫我。"

"好的，谢谢！"

观赏之余，李影小姐还是挑了几朵康乃馨搭配小雏菊交给了小于，她又赠送了几枝满天星，精致地包好了。

"谢谢！欢迎下次再来！"小于热情地告别，还鞠了一躬。

"谢谢！再见！"李影小姐也赶紧微微鞠躬。估计小于经常接待日本客户，他们在见面打招呼时以及离开的时候会行鞠躬礼。

她带着满身的香气和一束鲜花，走进了"蓝色的海"咖啡店，店内装饰以蓝色为主色调，感觉是真的进入了蓝色的海洋，蓝色实木亚光漆面的餐桌椅，玻璃橱窗里面摆放着不同蓝色的马克杯和盘子。

　　室内墙上的小隔板上还摆设着蓝色小帆船、贝壳之类的装饰品。每张桌子上都有一朵粉色康乃馨，一瓶装有肉肉的粉色陶罐，还有经典的美式糖罐。餐桌上的布置，处处透露着温馨浪漫，吸引着年轻的客户群。

　　有一对年轻情侣坐在靠近里面的位置。李影小姐特意找了一个靠窗、身后又靠着墙的位置坐下。

　　穿着深蓝色工作服，系着海蓝色长围裙的男孩，面带微笑，拿着菜单赶紧跑过来，主动介绍店内新品。

　　"您好！这是我们店这周隆重推出的一款'蓝色妖姬'蛋糕，寓意是致敬至高无上的爱情，遇见您是个奇迹。您可以尝尝。"

　　"谢谢！"她想说，不需要！但还是克制住了，微笑着说道，"想尝尝你们店的英式松饼。"

　　"好的，没问题。"

　　这时老张在咖啡店外面向店内张望，蓝衣男孩赶紧把他请进来。

　　"你好，老张！实在不好意思，让你跑一趟。"

"没关系！我们也算是熟人了！"

"我们先点餐再聊。你喜欢喝什么？"

"这么精致的咖啡店，我还是第一次来，都不敢进，我这个平时吃大蒜的，真的不懂，让你见笑了，你帮我点吧。"

"没问题，我也经常在家，一边吃着大蒜，一边喝着咖啡呢。"

"哈哈！"老张笑出了声。

"估计巧克力蛋糕可以给你提供热量，对快速恢复体力有帮助。"她微笑着对老张说道。

"好啊。"

"两杯卡布奇诺，一块巧克力蛋糕，一块英式松饼。"蓝衣男孩记下后，快速离开了。

"这些天你长途跋涉，一定是累坏了吧？"

"嗯，还好，我身体还经得起折腾！"

寒暄几句后，她直接问老张："王丽的父亲对于女儿的死没有一点儿疑问吗？"

"唉，怎么说呢，这位父亲是个老实人，不愿意麻烦别人。他很自责，竟然连女儿得了抑郁症都不知道，不停地念叨：'能及时回家就好了，魅海举目无亲……'估计平时也听王丽说过魏总，不太想给大家添麻烦，另外，魏总这边也是尽了所能，主要是有实验需要做，老父亲也是很理解的。"

"嗯，我也是不忍心去打扰老人。"李影小姐感同身受地点点头，"家里其他成员呢？"

"因为时间匆忙，只见到了她的父母，母亲身体不太好，所以留在家中。"

"明白了！哦，我们的咖啡来了。"李影小姐低声地说。

这时，来了两位蓝衣男孩，小心翼翼地端来了咖啡和蛋糕，估计年龄稍大的应该是店长。而且她看店长还有点儿面熟，可能也是住在1号或者2号楼的。

"请先品尝一下蛋糕，然后再聊。"

"嗯，好吃！"

老张说着，几口就把蛋糕吃完了。

她看着盘中的这块英式松饼，感觉和期待中的不太一样，想象中的应该是有一小瓶果酱和几盒黄油，自己往圆饼上涂抹，很过瘾的样子，主要是享受那个过程。而此时摆在面前的是已经涂抹好的，而且量很小。尝一口，"嗯，味道还说得过去。"

"他们没想到要报警什么的？"她突然话锋一转，问道。

"报警？"老张吃了一惊，端着咖啡杯的手哆嗦了一下，咖啡差点洒出来，他赶紧把咖啡杯放到碟上，惊讶地问：

"为什么啊？"

"哦，只是想更多地了解一下王丽的情况。还有公司里，有没有跟魏学长关系要好的女性，或者经常去找他的女性客户？"李影小姐并没有直接回答老张的问题。

"这个……应该没有。公司现在基本都是男性研究员，有几位女性，都很年轻，是还没有毕业的实习生，不过大家每天都在实验室里面忙碌着，穿着都厚厚的，看数据，做实验，基本工作都是透明的。当然实验都是严格按照公司规章制度进行的，没有你说的那样一位女性。魏总的办公室除了我有事情会去，还有财务人员，有保洁阿姨定期打扫卫生。"

"是这样啊。"

"偶尔也会有客户或园区领导来参观，但都是正常的拜访，并没有单独的、特殊女性来访。"

"公司目前还都不知道王丽的事情吧？"

"嗯，目前公司只有我一个人知道。真的怕影响大家的情绪，对试验有影响。王丽比我早一年来公司，对她的印象还好，年轻、漂亮、有活力，令人开心。对魏总也是挺关心的，她装修房子后就没有来上班，估计也是觉得不太方便吧，她离开后，魏总也没有再招聘新人。"

"魏学长国外留学的同学是否有经常找他的？"

"这个……好像也有来过拜访的同学，研究的都不是同一个领域的，也没有女性啊。"

"好的，基本了解了，十分感谢！我们之间的谈话和见面，最好不要让魏学长知道，以免造成误会，对工作分心。"

"一定，一定。"其实，这也是老张所期望的。

"谢谢款待！"临走时，老张把剩余的咖啡一饮而尽，像喝酒干杯一样。

"不客气，再见！"李影小姐拿着花束走出咖啡厅。

"谢谢光临！"两位男孩高声喊道。

"谢谢！再见！"李影小姐礼貌地转身回复道。

分手后，老张突然有种释怀的感觉，也是这几天来第一次感到那么一点点的轻松，但又很紧张，是说不出来的一种轻松和紧张。虽然李影小姐并没有直接说明原因，但是，经验丰富的老张还是感到一丝无形的压力。

第八章 暗访开始

1

胡正月警官值了一晚上的班，虽然感到有些疲惫，但是多年的职业生涯已经养成习惯，当过兵的他，看着还是挺精神抖擞和干练的。

他50多岁，中等身高，身材魁梧，脸部轮廓分明，长着一双炯炯有神的大眼睛，额头上清晰地刻着三条皱纹，好像隐藏着岁月的严峻经历。身为户籍警察的缘故，脸上经常会带着淡淡的微笑，显得朴实、自然、平易近人。但也透露出他有些固执的性格，一旦决定了什么事情，就会一根筋地按照自己的计划行事。

胡警官看了一下手表，8点，已经到了交接班的时间，他把昨晚到今天凌晨出警的情况，详细地交接给同事，正常情况下，就可以下班了。但是今天不行，因为清明小长假虽然结束了，但还会有陆续返城的人们，返城高峰还在持续，估计所里会忙，担心人手不够，还是觉得应该待命。

他简单洗漱，来到食堂，吃好早餐。经过办事大厅时，看到一大早已经有群众在窗口办事，杨洋警官正在接待。

杨洋警官，二十五六岁，浑身洋溢着青春的气息，眉清目秀，蓝色的警服穿在他的身上，更令他充满帅气和阳刚之气。

十几分钟后派出所又陷入了平静，杨洋警官走到他身旁，"师傅，您先眯一会儿吧，不然身体吃不消哦。"

胡警官一撸胳膊，露出结实的肌肉说："怎么，认为我老了？再值两夜都没事，要不咱们比试比试？"

"我服！"杨洋警官腼腆地笑了笑。

"刚才那几位群众一大早办什么事情啊？"胡警官关切地问。

"哦，是办理老人销户的，自然死亡的。"

"哪个片区的？"

"是布鲁克街区的一个本地人，74岁。"杨洋警官脱口而出。

"哦，是哪栋楼的？"

"14号楼。"小杨警官回答着，丝毫没有注意，胡警官已经瞪大了眼睛。

"啊！"

"不会是师傅认识的人吧？"他忽然看见胡警官那惊讶的眼神。

"他姓什么？"

"姓赵,病了有一段时间了。"

"哦,还好,不是我认识的那位老人。"胡警官松了一口气。

这时,他陷入了沉思之中:多年前,他负责管理那一大片区域,对整体情况还是挺了解的。不过现在那个地区老住户已经没多少了,几年前就开始陆陆续续动迁,马路那一面成为布鲁克街区,还有一部分幽静中心区域的动迁户也迁到那里,另一面成为曼特顿街区。

"师傅,有人找。"突然杨洋警官的声音打断了他的沉思。顺着杨洋警官手指的方向望去,一个高挑帅气的中年男人向他走来。

"老连长好!我是三连三排的张为军。"来者上来就是一个立正,敬了一个军礼。

"稍等,你是张为军?小张!我们还在一起集训过,一起吃住过两周?"

"对的,老连长!一晃二十几年了,时间过得太快了。"

"你也在这座城市啊?"

"是的啊,好多年了,我是经过多方打听才找到你这里来的。"

"真没想到都在同一个城市。"

"老连长!以后我们再慢慢叙旧,不能耽误你工作,今天来是有一些情况要反映一下。"

"哦?到办公室说。"两人快步来到胡警官的办公室。

老张直奔主题，把王丽死亡的大致情况讲了一遍。

"那，我能做些什么？"

"目前有一位邻居李影小姐，也算是王丽的朋友，对这个事情有些疑问，好像还在暗中调查。"

"具体有什么证据吗？"

"这个不太清楚，我现在的身份也不太好参与其中。所以想求助于你。"

"这件事有点儿难度。没有亲属报案，也没有什么直接证据，人是在医院抢救后死亡的，殡葬证明也齐全，户籍也不在这里，也没有办理居住证……"胡警官面带难色地说，但心里想着，战友的忙也还得帮。

"你也知道，魅海市的管理和服务是对标国际最高标准……一般也不会直接打扰……不过我可以从侧面了解一下，让我想想……"

"嗯，具体的事情，你也可以找李影小姐了解一下，这是她的联系方式。老连长，我今天就先不打扰你工作了。"老张双手握紧胡警官的手说。

"好的，我们改日再聚，保持联系。"

胡警官目送着老张上了白色面包车。

"小杨，刚才布鲁克街区去世的老人的具体地址给我一下。"

"好的，我直接发到你手机上。"

"小杨，你再帮我拿些刚印刷好的防止电信诈骗的宣传单。"

"师傅，你要宣传单干啥？"小杨警官一边问着，一边已经起身去小仓库了。一会儿工夫，他拿来一沓宣传单，递给了胡警官。

胡警官迅速返回办公室换上便装，拿上警官证，取来了黑色办公包，一个塑料袋装上宣传单，一个沏满茶水的保温杯，还有那形影不离的笔记本。在他看来，虽然现在的手机和电脑应用广泛，能做很多事，省去了大量的时间，但是时代无论怎么变迁，对他来说，这个笔记本是必需的。

"小杨，我出去一下，有急事打我电话，有人问，就说我眯一小会儿。"

"好的，师傅，需要我和你一起去吗？"

"暂时不需要。"

胡警官一边说，一边快步走出大厅，跳上门外的自行车，消失在清晨宁静的小路上。

2

胡警官直接乘电梯上到了曼特顿公寓 1 号楼的二楼，敲响了 208 号房门。

"你好，有人吗？派出所的。"

门开了，有两位 25 岁左右的年轻人一脸茫然地齐刷刷地出现在门口，胡警官把反电信诈骗宣传单递给他们，顺便问一下："清明节凌晨听到楼上有什么异常声音没？例如吵架声或者重物的声音。"

"没有啊，下班后和公司的人一起去 K 歌，很晚回来，又打了会儿游戏，没听到什么声音。"其中一位清瘦的、脸白白的、眼睛发出蓝光的、穿着白色衬衫的青年说道。

另一位梳着中分头，也穿着白色衬衫的，脸色也是白白的，眼睛同样发出蓝光的青年说，"晚上都在家里打游戏，然后睡觉，没听到什么声音。"

胡警官在笔记本上写着，两位青年突然紧张了起来，几乎同时问："还要记录吗？"

"没事，我只是简单记录一下宣传单的发放情况。"

"哦，发给谁还要记录哦？"

"是的，顺便问一下，你们听说楼上发生了什么事情吗？"

"不知道啊。"两人又同时回答。

实际上两位小青年打开房门的那一刻，他就感到奇怪，但是，他还是镇定地、表情自然地接着问道：

"你们是亲兄弟吗？"

"不是，我是吴强，他是萧腾。我们在同一家公司工作。"

"是混血儿？"

吴强和萧腾互相对视了一下，同时都笑了，"是不是因为我们的眼睛是蓝色的？"

"是啊！"

"警察叔叔，这个是美瞳，就是隐形眼镜。"

"哦，你们两个都喜欢同一种颜色？"

"我们是广告设计公司的，这个项目需要给客户做美瞳的广告，重点是推荐这款蓝色款，所以……"萧腾解释说。

"我们是在找创作灵感。"吴强笑着说。

"哦，明白了。一开始我还以为你们是……同性伴侣呢。"胡警官想了半天，才想出这个词。

"我们不是同性恋哦。"吴强显得有些害臊的样子。

胡警官又嘱咐着："接到疑似诈骗电话要及时拨打上面的报警电话，不要轻易转账啊。"

"唉，我们都有被骗过，就几千块，也无所谓了。"萧腾摇摇头说。

"哦，什么情况？"

"就是骗子在游戏贴吧里发布广告，低价出售账号和装备，私下转账后，骗子就消失了。"

"我晕，这种还好，还有更恐怖的，高价收购游戏账号，添加联系后，发来一个钓鱼网站链接，收取各种费用，还带有木马病毒，骗子能远程操控电脑，窃取网银账号密码，还好被我及时识破了，正好卡里也没钱，也就损失了几百块注册费。"吴强无奈地说。

"那你们要报警啊，收集好聊天记录和相关证据。"

"悲摧，报啥警啊，听说警察不管这一类的，就当花钱买个教训吧。"萧腾无奈地叹着气。

"虚拟财产也是受法律保护的，要提高安全意识啊，避免再次受骗。"

"哦，还是第一次听说，谢谢警察叔叔，"萧腾连忙道谢。

胡警官接连又敲了几家的门，同样的方式发了宣传单。

205号的金阿姨说："以为你是来解决养狗和敲打的事呢，结果还都不是，我们每天都能听到狗叫声，还有狗经常把垃圾弄翻一地，也没有及时打扫。"

207号，一位大爷气哼哼地说："物业光知道收费，也不解决问题，物业管理费比住宅贵一倍，还管理不好。我孙子周末来看我，在电梯里差点被狗咬了……还有这楼里总有敲打的声音，也不知道整天敲个啥……没人管，哎，可惜这么好的楼了。"

胡警官安慰他们说："你们有事情还是要找物业，如果不给解决，也可以找居委会帮忙协商解决。"

一对年轻夫妇说："提起物业就一肚子气，还居委会？居委会在哪儿都不知道，商住公寓不归居委会管，我们不是本地户口，说有事可以直接拨打市民热线，可是转了一圈，又回到物业公司，问题还是没有得到解决。"

胡警官一一安抚后，急忙脱身，从侧边的楼梯迅速地跑上了三楼。

3

三楼也就是王丽曾居住的楼层。

胡警官按下门铃，没有门铃的，轻轻地敲着门，有很多家不应答，有的明明在家，也不想开门，怕被打扰，有的会透过猫眼往外看，观察动静，对自己有利的就开门，没有利的就不开。

颜小玉就是其中一位，以为又是投诉狗的事情，从猫眼一看，好像是警察，"咋还报警了！'傻狗'肯定又干了什么坏事情了。"

这时，301 的门开了，那位面色憔悴的中年妇女打开了门。

"什么事？"

"哦，我是派出所的，上门发宣传单。"

"什么宣传单？"她诧异地问。

"防止电信诈骗的宣传单。"

"哦，是这样啊，经常接到这样的电话。"她突然神情淡定地说。

"另外，顺便问一下，清明节在家吗？"

"我一直都在家。"

"听没听到有什么声音？"

"你是说狗叫声吗？好像是半夜听到有狗叫了几声。警官，出了什么事情了吗？"

"没什么？只是随便问问。有没有听到吵架声？"

"听到一些声音，撞击声，断断续续的敲打声，又好像动物的叫声，倒地的声音，不太清楚。"

"大概几点？"

"好像半夜，具体几点不知道。"

"请问贵姓？"

"我姓武，叫武梦洁。"

"能否留个电话？"

"这个……"武梦洁犹豫了一下。

"哦，有事可以打这上面的电话！请问武小姐，你是一个人住在这儿吗？"

"是的。"

"打扰你了，再见！"

此时，赵女士开了门。

"是胡警官啊。"她兴奋地说。

"打扰了。"

这里，对于胡警官来说，并不陌生，之前赵女士由于王丽家装修的事情，报过两次警，他来处理过。虽然最后没有阻止装修公司继续盖卫生间，有点儿遗憾，但派出所也出具了出警记录，是有利于赵女士打赢官司的。她还是很感激胡警官的。

"上次的事多亏了你，真是感谢！"

"哪里，应该做的。也没帮上什么忙，感到惭愧。"

"太客气了。"赵女士忙着倒茶。

"不要忙了，谢谢。今天主要是来发防止电信诈骗的宣传单，最近诈骗分子比较猖獗，如果发现可疑电话别忘了报警，千万别转账啊。"

"好的啊。胡警官，你是为隔壁那女的来的吧？"赵女士已经迫不及待地想说王丽的死亡事件，不等胡警官提问。

"哦，你是怎么知道她的死呢？"

"哪有不透风的墙，有人亲眼看到半夜把人抬走的。"

"哦，是120的医护人员吗？"

"那就不知道了，应该是120抬走的。好像在家里就已经不行了，隐约听到叫喊声。"

"大概几点？"

"半夜，说不好几点，我刚睡着，又给叫醒了，一开始是那种叫声，后来我实在听不下去了，就捂着被子睡着了。"

"有吵架声音吗？"

"那倒没听到。胡警官，有件事情还得麻烦你。不管是不是意外，但毕竟还是死人了，这样一来，房价就要受到影响了，这可是关系到全楼，甚至全街区的切身利益啊。难过额呀。"赵女士伤心地说着，更带着无奈。

"明白，理解。"他若有所思地凝视着赵女士，收起了笔记本，"那先这样，有事情打我电话，你应该有我电话的。"

"我有的啊。"

"啥宁来啦？"正在这时，刘伟懒洋洋的，光着膀子，穿着紧身短裤从楼上走下来。

"哦，是胡警官啊！"刘伟客气地点了点头，感觉挺尴尬的。

"小刘，才起床，年轻人真是幸福啊。"

"我命苦啊，你不知道我每晚都要交作业，工作量得有多大啊！"刘伟委屈地说。

"你还委屈了，我没有管你吃、穿、住、行啊。像照顾大儿子似的照顾你，还竟敢有怨言？小心我把你休了！"赵女士一只手掐着腰，另一只手指着刘伟，半认真、半开玩笑地说着。

"嘿嘿。"刘伟也不敢反驳，站在屋中央傻笑着。

"年轻人悠着点，我告辞了。"胡警官笑着说。

4

313号，有一对情侣打开了门。

女的叫方敏，魅海人。只见方小姐身材苗条，腰肢柔软纤细，穿着一件紫红色连衣长裙，外搭一件白色的薄纱披肩。头发高高盘起，像芭蕾舞演员那样的体形，身高一米七左右。手上戴着一枚白金钻戒，发出纯白的光泽，估计是订婚戒指吧。

男朋友是宝岛人，姓欧阳。他长着一个小巧的鼻子，一双小眼睛，一张白白圆圆的脸，有点儿像发面蒸馒头时的白面团。有些秃顶，但身体结实，穿着一身不太合体的西装，个子还没有方小姐高，相差半头。至少比方小姐大十几岁。

"你好！我是派出所的，发宣传单，注意电信诈骗哦，有事请联系上面的电话。"

方小姐和欧阳先生毫无表情地看着胡警官，手里也没打算拿宣传单。

"顺便问一下，你们清明节当天是在这里住吗？"

"是的啊。"只见方小姐扬起头，身子往前挺一下，漫不经心地回答道。

"发现 308 房间有什么异常吗？"

"这几天就听说有人出事了，到现在我都不知道是谁出事了，对不上号。"她还是面无表情地、慢条斯理地、所答非所问地说着。

"是那位穿着时髦的美女吗？"欧阳先生抢着说了一句，话一出口，方小姐狠狠地瞪了他一眼。

"哦，你认识？"

"不认识了啊，没有说过话。但就是觉得她很漂亮了，是美人了，就多看两眼。"欧阳先生很兴奋地说。

"平时是否有来往，或者借过东西？"

"从来没有过！"方小姐抢答着。

"嗯，有过一次，王小姐在修理大门，我正好经过，就帮她弄了一下，然后王小姐邀请我品尝过红酒，就一次了，而且很久了。"欧阳先生胆怯地描述着。

"好，谢谢！打扰了。"

其实，胡警官已经观察到，在欧阳先生抢着回答问题时，方小姐的表情就开始有点儿不对，不停地摆弄着她那一手漂亮的、长长的红指甲，还不断地用余光瞄着欧阳先生，有随时就抓过去的可能。

胡警官道谢话音刚落，门就被方小姐"砰"的一声关上，随后就传来她歇斯底里的哭声："你竟然敢背着我偷人，还去了她家，还知道她姓什么，太熟悉了吧，你肯定不只去过一次。"然后，隐隐约约地听到欧阳先生轻声细语地说："我错了，我认罚……"

胡警官赶紧撤离，继续往下一家走去。

他不敢想象欧阳先生被长指甲抓后，是什么样的惨状，根据他多次出现场的经验来看，应该至少留下很长的抓痕，可能身上到处是红红的、一条一条的，但这应该是最轻的情况。

胡警官抬头一看，只见走廊墙壁上挂有"ABC商务咨询"，随即敲了一下门。

"请进，门是开着的。"里面传来一位年轻男士的声音。

“打扰一下，我是派出所的。”

“哦，请进。”

“要警惕诈骗电话啊。”胡警官递给他一份宣传单。

“已经习惯了，每天都有。我的客户也有接到的，也有被骗的，哦，不好意思，忘记自我介绍了，我叫 Jonson，也可以叫我乔森。”

“那要及时报警啊。”

“报警也没用，款也追不回来，人能安全就不错了。”

“那可不一定，报警就有希望能追回，不报警就一点儿希望都没有。”

“是的，是的。”

“年轻人这么悲观。”

“不是悲观，是当事人见多了，受害人太多，每天都高兴不起来，感觉非常沉重。”

“这个商务咨询开了多久了？”

“半年多。”

“生意怎么样？”

“维持呗。”

“主要是哪方面的业务？”

“主要是移民、投资、贸易、国外买房之类的咨询，还有签证咨询。”

“哦，小乔，你是国外回来的？”

"是的，我是从美国回来的。"

"哦，年轻有为啊。"

"哪里！生活而已。"

"你是律师？"

"是的，有美国的律师执业证。案子都是和国内律师合作办的，在国内的案子以这里的同事为主，美国的案子以我为主。哦，我在合作的律师事务所有办公室，这里是住的地方。"

胡警官扫了一眼室内吧台方向，玻璃酒柜里面摆满了各种红酒。

"哇，看来你喜欢喝红酒啊。"

"嗯，偶尔会喝点。"

"警官，你喝点什么吗？"

"谢谢！我自带了茶水。清明节当天你在这里吗？"

"在啊。"

"有什么异常吗？"

"异常，是指？"

"奇怪的声音，陌生人。"

"没有，好像有几声狗叫之类的，其他没有什么。"

"你和308房间熟悉吗？"

"不熟悉，只是见面点头之交。"

"好吧，打扰了。"

"不客气。再见！"

5

胡警官刚离开321号乔森律师家门口，只见隔壁323号门开了一条缝，突然一条又高又大的拉布拉多犬直接扑上来，吓了胡警官一跳。

"小虎，老实点儿。"

一位70多岁的老人走出来，衣服松垮垮地挂在身上，被称作小虎的大狗，正虎视眈眈地盯着胡警官。

"没事，不是来抓你走的。"老人冲着它说道。

"老人家，这狗可是有点儿吓人啊，要拴好，防止伤着或者吓着邻居，尤其是小孩。"

"它平时可乖了。"

"就你一个人住？"

"老人与狗，就是一个孤独。"

"儿女都不在身边？"

"只有它陪伴我！"

"老伴呢？"

"早病死了，哎，痛苦啊！"

"狗也有点儿味道，你要经常给它洗澡哦。"

"给它洗澡？我自己都不洗。"

"大白天的还喝酒？"

"今朝有酒今朝醉，我工资这么多，为什么不花？"

"做啥工作这么多？"

"我已经退休了，现在退休金 1 万多块，我不吃不喝干啥？我以前是当兵的。"

"您也当过兵啊？"

"是啊，海军。"

"前辈啊，我是陆军。"

"战友好！"

"您贵姓？"

"我姓付。"

"老付大哥今年多大？"

"快 72 了，我转业后到了东海桃源岛，在造船厂工作，一干就是 40 多年，现在我生活无忧，天天吃肉喝酒。"

"那也要注意身体啊！"

"没事，我自己心里有数。"

"要防止电话诈骗哦。"

"经常接到，我就跟他们聊啊。还以为我会上当，给他们转钱呢，最后我让他们先给我转过来，把他们气得半死，说要来找我报复，让我等着。我就一直在备战，等着他们来找我。小虎被我训练得也可以抵挡一阵。"老付眉飞色舞、神采飞扬地讲着。

"您厉害，精神头真足！好的，付大哥，这几天公寓里有什么异常吗？"

"就是那个自杀的啊，现在的年轻人是真不行，受不了一点儿委屈，死就死吧，没办法。"

"你和她家熟悉吗？"

"我怎么会和她熟悉呢？平时我都是绕着她走，她还经常投诉小虎，我只能绕道走。"

"其他还有什么异常吗？"

"楼道里经常闹鬼！"

"闹鬼？"

"经常看见穿着白色衣服，披着长发的女鬼，像《倩女幽魂》里面聂小倩穿的一样，在楼道里面晃。还有拿着日本刀的侠客，在走廊里面挥舞着战刀，有时还咔咔作响，有刀光剑影、人头落地的感觉。"

"这么严重？知道是哪一家吗？"

"就那家，最好把他们赶快带走。还说我家小虎吓他们，是他们在吓唬我和小虎，我这是自卫啊，我要保护我的家园。"老付越说越激动。

"您要保重身体啊，有事打上面的电话。"

"不用打电话，我能应付得了。电信诈骗我不怕，怕的是这人不人、鬼不鬼的！"老付站在门口高声地喊道，小虎也和老付一个姿势地站在门口观望。

从老付家出来，胡警官在想，一个月 1 万多的退休金，真羡慕啊。我天天上班，加班加点，都算上也没有 1 万块。最近还听说，从明年开始工资要降……他想着，不知不觉地又开始第二轮敲门。

这时，309 房探出个脑袋，正好被胡警官看到。

"等一下，年轻人！"

"什么事？"颜小玉问道。

"你和这家熟悉吗？"

"不熟悉。"

"看到什么奇怪的事情或者人吗？"

"没有！诶？你不会是来调查凶杀案的吧？"颜小玉忽然瞪大眼睛。

"凶杀案？你怎么知道是凶杀案？"胡警官反问道。

"不是凶杀案，你为什么来调查？"

"什么凶杀案？怎么回事？我来也！"沈浩拿着战刀跳了出来。

"你们是做什么工作的？哦！原来是你们啊！"胡警官往里面一看，就明白个八九不离十。

"对，这是道具，欢迎警察叔叔来参观哦。"颜小玉顺手把大门全敞开。

胡警官往里面一看，还真是开眼了，各种玩偶、衣服，各种颜色的头发和道具堆放一地。

"哇塞，下个月，又要去参加会展了，我们扮演太阳国古装人物，要加紧准备，哇塞，争取拿个奖项什么的，还有给其他伙伴做的参赛道具和衣服，做好后，我们还要穿起来练习动作，重点是要拍照。"

"这一套服装在晚上穿出来还是挺吓人的。"胡警官眉头紧锁。

颜小玉不好意思地笑一笑。

"注意尽量不要半夜在走廊里面穿这个，如果遇到心脏不好的老人会犯病的。"

"好的，警察叔叔，我们会注意的。"

胡警官深深地叹了口气，走出 309，又敲了斜对面 310 号的门，两个学生模样的年轻人先后走出来。

"你们是大学生？"

"我是在读研究生，叫雷雷，他是计算机工程师，成昆。"

"清明节当天在吗？"

"我前一天就去旅游了，琅琊，很多同学一起去的，今天刚回来。"雷雷很兴奋地说。

"我也是今早回来的，我回老家了。"成昆低声说。

"你和隔壁熟悉吗？"

"你是说王姐？"雷雷问道。

"听说了吗？"

"我们听说了，太可惜了！"两人异口同声地说。

"王姐平时挺好的，有时还给我们送吃的。"雷雷叹气道。

"你去过她家吗？"胡警官问成昆。

"倒是去过好几次。有时王姐会让我帮她修理电脑。"

"装修没影响到你们吗？"

"唉，怎么说呢，我们是租的房子，这些事情应该由房东出面解决的。白天一般不在家，到家后基本就睡着了，早上也走得早。每天都很紧张，声音肯定是有的，会影响睡觉。"成昆解释道。

"王丽有没有平时和你们透露出什么异常的情况？或者有什么不开心的事情？"

"没有啊，看她天天可开心了，做瑜伽、做健美的，我要是有这样的女朋友就好了。"雷雷惋惜地说道。

"没想到，真的没想到就几天的工夫，人就没了。"成昆摇着头，悲伤地说。

"好的，谢谢你们。有情况可以联系我。"

"好的！"

胡警官看看时间，已经差不多了，接下来，就是他今天最需要走访的人！

第九章　合理怀疑

1

李影小姐迎了上去，"胡警官你好！好久不见。"

"你好！李小姐！真的是你啊！"

她以前向胡警官咨询过办理落户的事情，曾经见过一次。

"一晃两年没见了，你在这里还习惯吗？"

"入乡随俗吧。"

"我今天来，主要是发反电信诈骗宣传单的，顺便了解一下情况。"

"明白。你是为王丽的死来的吧？"

"看来是瞒不过你了。你怎么看？有听到什么或者看到什么？"

"除了半夜好像听到几声叫声，是人还是狗叫不太好分辨外，其他倒是没有什么特别的。但是，觉得太突然了，我也不太相信她会以这种方式结束自己的生命。"

"为什么？有什么根据吗？"

"有，在寒食节，就是她出事的前一天，我见过她，她是那么开心地告诉我，过些天就要结婚了，一个快要结婚的人，怎么第二天就会吃那么多的安眠药呢？"

"会不会是男朋友突然告诉她不结婚了，一时想不开？"胡警官说道。

"也有可能，但是可能性很小，除非跟她说永远不结婚或者分手之类的话。王丽性感，有点儿妖艳，有时候可能不太善解人意、霸道，但是性格还是很开朗的，如果只是暂时不结婚，她这么多年都等了，也不怕再多等几个月。从表面上看，魏鹏应该对她还挺好的。"

李影小姐陷入了沉思中，"如果是这个原因，那又是什么原因能阻止魏鹏不和王丽结婚呢？真的是实验受阻，研发还没有成功吗？"

"那胡警官和魏鹏谈过话了吗？"

"还没有，目前这件事情，还不太好公开介入，我只是发宣传单，顺便来了解一下住户的大致情况。"

"发现什么问题了吗？"

"没有，完全没有。你有怀疑对象吗？"胡警官直接问道。

"都有嫌疑！"

"哦？"胡警官的脸上露出惊讶的表情。

"假设不是正常死亡，就是说魏鹏嫌疑最大，他可以在她醉酒时，灌入大量的安眠药，逼着她喝下去。"她缓缓地说。

"也许……有证据吗？"

"没有！我和魏鹏聊过，表面上，他应该不太像这样的人。但另一方面，杀人凶手经常是看起来最不像的那一个。假设王丽是被害的，杀害她的动机是什么？假如是魏鹏想杀害她，为什么？如果他不想和王丽结婚，那一定有一个理由。他有其他意中人或者已经实际有家庭了，但是这个人在哪里？我一直在找隐藏在魏鹏身边的这个女人。"李影小姐几乎是自己提问，自己再回答。

"是谁？找到了吗？"胡警官打开笔记本，快速地记录着。

"还没有！不过，应该很快！是疖子总是要出头的，总是要暴露出来的。复仇的可能性也很大。"

"你是说要报复女的？"

"嗯，有这个可能性，但是，报复男的可能性也很大！"

"那男的知道吗？"

"目前还不能确定，也许知道，也许不知道。假设有这么一个女的，要报复男的，而杀害了男的现女友，那是怎么做到的？"

"你是说故意提前放好药？"

"有可能。但是，最可怕的是她或者他还不会停手，继续报复下去，悲剧还可能继续发生，这也是我最担心的地方。"

"等等，你一直说是在找女的，但刚才你又说是她或是他？"胡警官有点儿被李影小姐绕糊涂了。

"是的！任何可能都有！"她的眼神中透露出坚定。

"你肯定是悬疑剧看多了，想得太多了。"胡警官皱皱眉说。

"也许吧，但我的感觉基本是准的。"

"好的！李小姐，今天先聊到这儿，如果发现什么证据或者线索，我们再说。这是我的电话，有事联系我。"胡警官在她的眼神中看到了一种独特的自信，让人不敢轻视。

"哦，李小姐，我想说你还是要以工作为主，破案是警察的事情，不要把精力放在这上面，同时也要注意安全！"胡警官临走时又嘱咐了几句。

"好的，谢谢胡警官。"

2

告别李影小姐，胡警官只感觉到头都要大了，被她说得很紧张，但大脑一片空白。

现在的年轻人想象力都这么丰富吗？还有，这楼里住的人也都神叨叨的，感觉自己都跟不上节奏了。还有那个老付大哥，他心里想，我要是退休金能拿1万多块，该是多么幸福啊。

他看看手表，已经快12点了，决定暂停四楼的传单发放，也有很多住户不在家。

他快速走出公寓，离开曼特顿街，又顺便去了对面的布鲁克街区，到居委会了解病逝老人的情况。老人是在医院抢救无效死亡的。

胡警官漫无目的地在小区里走着，感觉毫无头绪，拿出手机给小杨警官打了个电话："所里有什么重要事情吗？"

"没有，师傅！一切正常！你还是接着休息吧。"电话那边传来小杨警官清脆的声音。

"小杨，帮我查一下 D 医院的准确地址。"

"等一下，师傅，哦，我已经短信发给你了。"

"好的，我下午能回所里。"

挂断电话后，他再次飞身上了自行车。

这是坐落在郊区的一家大型民营医院，距离还是有点儿远，胡警官飞速地骑着自行车，一刻也不敢怠慢，他莫名其妙地，突然觉得有种使命感涌上心头，好多年都没有这种感觉。

时代在进步，大街上装满了摄像头，人们出行用汽车、地铁都非常方便，不知道怎么回事，胡警官还是经常怀念骑自行车的那个年代，邻里之间互相都认识，有困难大家能帮忙的都会出力。现在物质条件丰富了，但人情好像淡漠了好多。

在一栋大楼里面，大家基本不认识，也不打招呼。以前骑车上班进大门时，都要先下车，推车进门，然后再继续骑，以表达对单位的尊重。现在的住户和快递人员直接骑着摩托车进出大门口，不但不停车，有的反而还加速前行。

在魅海市区，骑着自行车巡逻也是挺平常的一件事。听上去好像不那么高大上，但是自行车可能是最适合弄堂、步行街、闹市区的交通工具，也方便游客问路，甚至寻找走失的儿童。胡警官同事的儿子还被选送到了魅海特警自行车骑警队，将参加国际马拉松比赛全程的安保任务。

科技在进步，犯罪手段越来越高级、隐秘，但是，只要是犯罪，终将会暴露出来。胡警官一边骑车，一边想，突然产生了无穷的力量，又加快了速度。

3

刘医生果然没有判断错，当他巡视门诊的时候，小那助理急匆匆地跑过来，"刘副院长，有位警察来找你。"

"好的，让他在服务台等一下。"刘医生异常淡定地说。

"你好，我是户籍警，正好路过这里，听说了王丽的事，想顺便了解一下情况。"

"接到家属的电话，就帮忙打了120，由于当天碰巧雾大，120有些延误，我先赶到了公寓。在现场采取了一系列必要的救治措施，并迅速送回医院，但已经没救了，很可惜。"刘医生用右手中指绕在食指上，无名指绕在尾指下，扶了一下眼镜。

"再问一下，病人家属为什么把电话打给你？而不是直接拨打120，选择送往更近的医院？"胡警官有点儿疑惑地问道。

"是这样，王丽本来就是我们医院的病人，送到其他医院怕没有监护设备，床位不够，有时担架床压在那里，甚至需要再转院。而我们医院这些都能保证，主要还是应家属的要求，在拨打120急救电话时，可以说想去的医院。当然，具体情况还是要由当时救护人员做出判断。"

"晓得了。"

"如果有什么疑问，也可以去和院长谈。"刘医生把早已经准备好的《死亡医学证明书》复印件递给了胡警官。

"你觉得王丽是自杀还是……"

"有很多喝酒又吃安眠药的，还有喝酒吃头孢的，直接就睡着了。如有严重高血压、冠心病、重度糖尿病的大量喝酒后，就吃一粒安眠药，也是有可能造成死亡的。就像去年有位著名的美国明星，就是服用大量焦虑症药物和酒精，最后猝死于家中。虽然焦虑症药物和安眠药不是一回事，但都属于同类药。生活中，这样的例子很多，我们都已经习以为常了。"

"你和魏鹏是同学？"

"是高中同学。"

胡警官心里很希望能问出什么破绽，但一无所获。

他合上笔记本，起身要离开，"好的，谢谢刘医生，今天先到这儿。"

"稍等……" 刘医生忽然犹豫了一下。

"还有什么要说的吗？ 可以说说看。"胡警官用期待的目光看着他。

"是这样，我这里有几张现场的照片，我想你也许会需要。"

"太好了，能发给我吗？"

"当然！"

"还有，能否把魏鹏的电话给我？"

"没问题！"

"需要和院长聊聊吗？"

"不需要了。"

离开医院，胡警官突然感到很饿，已经快下午 2 点了，想在外面吃点儿，一想算了，还是回所里小食堂看有什么吃的吧。

这时，收到了刘医生发来的三张照片，应该是当时王丽死亡现场的照片。胡警官保存好后，跳上自行车又赶回派出所……

第十章　李影小姐寻求治疗

1

在清明节小长假过后的第一天，也就是王丽死后的第六天，李影小姐决定去一趟刘医生的医院。

她今天的装束，上身是柔软的浅蓝色乔其纱衬衫，下身是灰色的 A 形长裙，外面再配上灰色的西装长外套，脚上穿了一双中跟的灰色尖头高跟鞋，浅灰色透明的长袜，庄重又显得职业。白皙的皮肤衬托着自然黑色的秀发，头发的长度恰好在肩膀处往下一寸的地方，直发披肩，显得足足年轻 10 岁，像二十几岁的纯净女孩。她没有像一般的知识分子那样戴着近视镜，相反她的视力非常好。

李影小姐计划早一点儿吃午饭，她想在下午 1 点之前赶回来上班。11 点多，她就在办公室吃了两个鸡蛋三明治。在楼下买了两杯热咖啡外加一份火腿三明治，快速搭上了一辆出租车，直奔郊区医院。

2

半小时后，出租车直接开到了院内的急诊大楼停下。

"您好！您有预约吗？"一位年轻女孩礼貌地招呼着。

"哦，你好！我能找刘医生吗？"

"哪个科室的刘医生？"

"稍等一下。"

她快步走到一面墙前，上面写满医生的介绍，她从上往下看，然后手指着一张照片说，"就找这位刘医生。"

"啊，是刘副院长！您和他约好了吗？"

"几天前约过。"

"好的，稍等，请问您贵姓？"

"李影。"

"刘副院长让您直接去他的办公室，在八楼，走内部电梯。哦，请等一下，刘副院长会派助理来接您上去。"

一会儿工夫，小那助理就到了，"您好，李小姐，请跟我来。"

绕过主厅，从后门出来，进入中间庭院，一座小楼呈现在眼前，在小那助理的引领下，很快来到标有"副院长"标牌的办公室。

"你好刘医生，实在不好意思，百忙之中打扰了。"

"哪里，没事。"

李影小姐一边说着，一边把咖啡和火腿三明治递给刘医生，

"好像有点儿凉了，请先垫一下，已经是中午了。"

"不凉，谢谢！那我不客气了，干我们这行，吃饭没什么规律，我还正好有点儿饿。"

趁着刘医生大口吃着三明治，她环视了一下办公室。

第一感觉很大，宽敞明亮，一个大型办公桌，还有一个开放式厨房和小吧台，大理石餐桌上整齐地摆放着咖啡机、电热壶、茶壶，酒柜里面装有各种饮料和酒。有独立的卫生间，还有一间套房，估计是提供休息的地方。吧台正对着的墙壁上，还镶嵌着一台小电视机，正在无声地播放着 MH 新闻。

大型转角沙发摆放在屋中央，浅黄色真皮沙发，给人以温暖的体验，整体呈现出豪华精致，看着高大上的办公室，让人联想到医院完美形象和对高品质服务的广告承诺。

李影小姐坐在漂亮又舒服的沙发上，窗外可以看到公园的景色，由于是郊区，视野也很好，没有那么多的高层建筑遮挡。

"虽然吃不太习惯，但感觉还不错。"刘医生笑着说，又喝了一口咖啡，"嗯，拿铁咖啡也挺好喝。"

"谢谢，携带中餐怕有味道，有很多办公室一般不允许吃太油腻的餐食。哦，刘医生，你和王丽很熟悉吗？"李影小姐看到他吃得差不多了，就直接问道。

"说特别熟悉也不是，生活中对她知道得不多，只知道是

魏鹏的女朋友。两年前，由魏鹏介绍，她来到医院看病。她当时经常睡不着，掉头发，感到焦虑，有时情绪特别差。经过一系列的检查，诊断为轻度抑郁症。开了一些抗抑郁的药物，大约治疗2个月的时间，患者的情况有所好转，但是，我们还是建议她持续用药，因为有复发的可能性。

"又过了一段时间，她的抑郁症基本治愈了，这可能也和她经常做健美操有关吧，通过兴趣培养可以转移注意力，保持健康的作息，能养成强健的身体。抗抑郁症的药物基本也停了。"

"真没看出来王丽得过抑郁症，太不容易了。"

"嗯，有关数据显示，在魅海，每5个人中就有1个人，一生中会遭受精神心理疾病的困扰。尤其是大学生和年轻白领已成为心理弱势群体。"

"可是，印象中王丽是个热情开朗、爱笑的人，为什么会抑郁呢？难道真有微笑型抑郁症？"她感叹道。

"嗯，微笑型抑郁症只是民间说法，国际标准和学术教材中没有这种类型。虽然患者患有抑郁症但是心态很好，在情绪低落时，也还能完成基本的社会角色，还能在与人交往时保持礼貌、微笑甚至有幽默感的一种状态。但在微笑和乐观的面具背后，可能充满无价值感和绝望感。"

"原来是这样啊。在多数人的眼中，抑郁症患者都是一副精神萎靡的样子。"

"所以，'微笑型抑郁症'比起'非微笑型抑郁症'更有隐蔽性。"

"真不敢相信，开朗的人也会中招啊。"

"去年的一天，她过来说，有时考虑的事情太多，夜里睡不着觉，要求开点儿安眠药。一开始只开了一周的药量。后来她表示经常来实在不太方便，需要多开点。我挺为难的，又给她开了两周的量，并给了她建议……没想到还真出事了。"刘医生略感惆怅。

"据说刘医生是第一时间赶到现场的。"

"是的。从现场情况来看，王丽是安眠药和红酒一起吞服的。正常情况下，一起服用危害是很大的。安眠药对中枢神经具有抑制作用，红酒中的酒精容易使消化道黏膜充血，一起服用会增加药物的吸收，并减慢肝脏对药物的代谢作用，使安眠药物成分在血液中的浓度迅速增高。早期会出现兴奋状态，表现为面红、心慌、话多、有快感，睡眠后容易出现大脑皮层抑制，出现心率减慢、血压降低、对外界刺激反应差，甚至会出现呼吸抑制，严重时会出现昏迷、休克、呼吸衰竭，危及生命。"

刘医生像老师上课一样讲着，李影小姐像小学生一样聚精会神地听着，手里的咖啡都忘记喝了。

"最佳的抢救时间一般为6小时以内。患者一旦出现中毒症状，要及时进行抢救，越早抢救越好，错过最佳抢救时间有可能导致死亡。"刘医生低头喝了口咖啡。

李影小姐不解地问了一句："那王丽为什么没能抢救过

来？”

"王丽的药物用量太大了，应该一直在楼下处于深度昏迷状态。服药的时间太长了，假如，当时就能发现，也许还有希望，可是……"刘医生陷入沉思当中。

"刘医生，你认识魏鹏以前的女朋友吗？"李影小姐突然话题一转。

"哦，不认识，据说是在国外留学时认识的。"刘医生回了一下神，"我和魏鹏是高中同学，高考后，我考上了医学院，他考上了药学院。大学毕业后，我回了老家，进了当地医院成了一名普通的医生，他考取了研究生，最后又出国读的博士。几年前我们在魅海重逢的。"

"女朋友也是学医的？"

"肯定不是。让我想想，好像是经济贸易。"

"有没有听说她回国了？"

"这倒没有。只听说是和魏鹏在一个城市上学的。"

"好的，非常感谢刘医生。占用你宝贵时间了！"

"今天需要做些检查吗？"刘医生关切地问。

"谢谢！今天时间有点儿紧张，我得赶回去工作，改天再专门过来检查。以后如果有专业上不明白的事情，我可能还会请教刘医生。"其实，李影小姐根本没有打算检查。

"没问题，只要我能帮上忙。"刘医生随手递过来一张名片。

李影小姐赶紧双手接过，并递上了自己的名片。

"好的。等以后有时间，我可以专门给你介绍一下我们的医院。"

"好的。谢谢！很期待。"

3

离开刘医生后，她迅速上了一辆出租车，直奔公司。

这时，她才发现手里还剩下半杯咖啡没有喝完，看来喝掉一杯咖啡的时间是由情绪决定的。

咖啡几乎已经冷掉了，她连喝了几口，却感受到了微妙的风味和香气，品尝到了一种咖啡在不同温度下的特殊味道。

在路上，她不停地在手机上搜索着马萨诸塞州、哈佛大学、麻省理工学院，最后把目光落在波士顿大学……

第十一章　迷雾重重

1

晚上6点多，李影小姐一进到公寓的大门，就感到平时挑高气派的大厅好像又多了一些压抑的气氛，弥漫着沉闷，有点儿喘不过气。

转角沙发上空无一人，电梯平时都要等上一阵子，尤其是早晚高峰时段，看着它一层层忙着关闭和打开。此刻它却静静地停在1层，等候着主人们的归来。

楼道里面也是分外安静，平时还会偶尔听到几声狗叫。而此时，好像一夜之间所有的声音都消失了，几户经常敞门的人家，大门竟然都关得严严实实。

走廊被打扫得极其干净，大理石的地面也被擦得格外亮，地面晶光闪耀，都能映出人的倒影来。

她故意放慢了脚步，在楼道里面多停留了几分钟，期待和邻居们有一个巧遇，可是一个人都没有出现，空气中充满着冷清的味道。

打开房门，走进客厅，望向窗外，暮色渐渐降临，对面建筑的室内灯光，也一个接着一个地打开，像一串串明珠似的闪闪发亮，照亮了庭院内的小路。院内很安静，风吹树叶"沙沙"的声音都能听得到。但她无暇观赏窗外的景色，赶紧一层一层地拉上高挑的窗帘。莫名其妙的惆怅。

突然，有一种不祥的念头跳了出来……

凶手会是谁呢？

总得做点儿什么……

她闭上眼睛，坐在椅子上，开始静坐。

5分钟后，静坐和冥想结束，她慢慢地睁开双眼，感觉眼前似乎也明亮了许多，突然想起负责同学会事务的陈理事，很多年前好像也是从那些大学毕业的，她立刻查询通讯录，发现只有邮箱，随即发了一封邮件，大致内容是：

您好陈理事：

能否发来近年来，在马萨诸塞州留过学的，麻省理工学院经济学毕业的或者是波士顿大学经济学系毕业的华人女生的毕业照。

十分感谢！

晚上7点多钟，接到一个陌生电话，果然是陈理事打过来的，他询问："有什么特殊用处吗？"

"想寻找一位失散多年的朋友，8年前出国，听说在那几所大学读书，后来快要毕业了，突然杳无音信。"李影小姐还不想说实话，不想给别人增添不必要的烦恼和麻烦。

"我清明回老家祭祀父母，要等明天回来，不过我已经让会员在家找了，如果有留存的毕业照就拍照发给你。太多的话，我会邮件打包发给你。"陈理事很热情地说。

"非常感谢，顺便说一下，上次组织的活动挺好的。希望下次有好的活动，大家还可以分享，"她又补充道，"过几天请陈理事喝咖啡。"

"不用客气！"

放下电话后，没多久，就有几张照片传到了她的手机上。有不同年份的毕业照，还有一些大家的合影。

想起自己还没吃晚餐，随手从冰箱里面拿出一盒半成品的虾仁蔬菜色拉，再挤出一些千岛酱，放入麻油、白胡椒粉等作料，一个便利店买来的半成品牛肉汉堡包，用烤箱烤了3分钟，外加一个苹果，晚餐算是结束了。

她还是有些心不在焉，预感着会有什么事情发生，但自己又无能为力。

很闹心，有点儿坐立不安，看来今天无论是深呼吸法还是静坐冥想都不太起作用了。

打开音乐，刚听个开头，就嫌烦，不想听了。

又接着看了几行推理小说……

最后，想想还是出去散散步吧。

2

穿过灯火通明、人声嘈杂的街区，来到小公园，里面的人有点儿稀少，4月的天气还是有点儿凉。俗话说"过了清明冷十天"，可能就是俗称的"倒春寒"吧。

她把长款灰色的厚风衣帽子戴上，又系紧帽子的纽扣，把脸捂得严严实实的。别小看这件连帽风衣，已经跟了她很多年，它不仅能遮风挡雨，也是那奋斗的青春时光的见证者。

英国一天中的天气是非常壮观的，说变就变，出来时还是阳光明媚，走在途中，瞬间就是狂风大雨，打个措手不及。几分钟后，天气又恢复晴朗，像什么也没发生一样。后来发现，那里的年轻人都不带雨伞，人人都穿连帽衣服，下雨时就直接套上。

一开始，她还认为是不是太随意了，男士们怎么也应该像福尔摩斯大侦探出场那样的绅士派头和架势吧，手里拿一把漂亮的长把雨伞。后来现实说明，是她自己想多了，雨伞也不适用，会被大风刮走或是吹散架。连帽风衣和卫衣才是那里的必备品。

她正思索着，突然发现一只狗，快速地向她飞奔过来，瞬间就来到她的面前，她刚想夺路而逃，一想不对，肯定跑不过狗，弄不好逃不过被咬的命运。

据说最好的方法是蹲下，装作在地上捡东西的样子，狗就会非常害怕。在动物的世界里，狗也是欺软怕硬的，弯腰是准备攻击的架势，当它看到你要进攻，它就会害怕，这个方法只是听说，还没有用过。以前都是绕开走，今天就试一下这个办法，不是愿意去做这个试验，而是根本没有选择，旁边也没有人，喊也没有用。

想到这儿，说时迟那时快，她瞄着前方有一些散落树枝的地方跑了几步，迅速蹲下，正要捡起地上的树枝做攻击状，这条狗倒是先蹲下了，乖乖地看着她。

李影小姐觉得挺奇怪，突然认出来是雯雯。

"李姐！不好意思，没吓着你吧？"紧接着，颜小玉急急忙忙地跑过来。

"没有，雯雯认出我了。"实际上，李影小姐已经被吓出了一身冷汗，腰还差点闪了。

"哇塞，这两天都没太敢出门，今天说什么也要出来遛遛。这几天公寓也没有什么动静，看来王丽的死应该就是正常的死亡，警察也没查出个什么啊。"

"不尽然，我觉得还是哪里不对。"李影小姐拍着脑门儿说道。

"到底是哪里不对啊？"颜小玉不解地问。

"总预感有什么事情要发生。"

"有什么要发生？"

"还不知道！"

她和颜小玉一起往回走，雯雯在后面小心翼翼地跟着。

武梦洁从 1 号楼对面的"通宵"便利店里走出来，手里捧着牛奶和面包，她们几乎同时走进了公寓大门。

李影小姐礼貌地点点头。

"武姐好！"颜小玉抢先打了一声招呼。

"你好！小玉。"

"武姐，最近又苗条了。"

"发生了这种事，挺难受的。"

"是啊，大家都不好受。"

"前几天还看到王丽，说没就没了。"武梦洁一脸忧郁，眼里闪着悲伤的神情。

"是啊。"

从电梯出来，李影小姐这才注意到，她竟然是住在 301 房的，也就是电梯对面。"哦，我怎么都没见过她？"

"搬来大半年了。"颜小玉回答道。

"小颜，到我家坐会儿？"

"是的，李姐，本来就要去呢。我先安顿一下雯雯，马上就过来。"

"好的啊。"

3

李影小姐先回到家，换下刚才穿的那套古董连帽风衣，换上一条瘦腿裤，一件浅粉色长款羊毛套头衫，看着保暖时尚，又显得大气优雅。

不一会儿，颜小玉返回来，手里拿着两大块巧克力，递给她一块，"哇塞，我太喜欢这件粉色的毛衫了，真显脸白啊。"

李影小姐接过巧克力笑着说："谢谢，好喜欢这牌子的巧克力啊。"

此刻，二人面对面地坐在转角吧台的高椅上，欧式全铜小吊灯从棚顶垂直吊下来，透明玻璃灯罩，外形精致，发出透明的黄光，柔和唯美。吊灯正下方放置了一大盆绿植，在灯光的映照下，充满了精致舒适的氛围感，这也是李影小姐非常喜欢的一个空间。

每人一瓶可乐，吃着巧克力。李影小姐特别爱吃巧克力，尤其是在午后的工作时间，可以起到提神的作用。不过，她平时几乎不喝可乐，只有在身体疲劳需要恢复体力时，才会喝上一杯。

她想，颜小玉一定会喜欢现在这样的餐食搭配。这两种食物本身并没有相互冲突的成分，也不会产生不良的影响。但是可乐和巧克力中都含有一定量的咖啡因，同时大量食用容易使神经系统活跃，出现失眠、烦躁情绪。重点是长期食用会增加体重，不利于健康。她为今天无意间能揭开颜小玉发胖的秘密而感到有点儿小得意。

"李姐，我好像又想起来，有几个人也经常去308。有一个男的总在走廊里面晃荡。就在前几天，好像是放假前，进过她家，但很快就出来了。对，好像是你隔壁，那个帅气的研究生，他看起来挺迷恋王丽的。"

"哦，雷雷——310！"

"还有武姐，也和王丽挺好的。"

"就是刚才遇到的那位武小姐？怎么有点儿弱不禁风的样子，是有病吗？"

"有没有病不是很清楚，就是挺瘦的。对了，好像也是在外企工作，听说是从新加坡留学回来的。"

"哦，这倒没有想到。"李影小姐眉毛微微扬起。

"是啊，这里海归可多了，还有外国人，还有那个财经主持人呢。"

"MH 财经频道的主持人？"

"嗯。我多荣幸啊，就我是个小白。和你们这么多素质高的人在一起。"

"不要迷信哦。"

"就是嘛，素质就是太不一样了。你看那外地人，成天地狗也不管管好，电动车也往上推，整天敞着门，烟头扔得到处都是，更讨厌和不能容忍的是在室内干着敲敲打打的活，把这里当成小工厂、手工作坊，净干扰民的事。"颜小玉愤愤地说着，圆脸蛋迅速涨红，好像放在锅里煮熟的大虾，马上就要蹦出来似的。

"与地域没有关系，绝大多数人的素养还是很高的。"

"嗯，哦，想起来了，走廊里也会偶尔看到那个男的。"

"哪一个？"

"又忘了！"

"对了，是那个养狗的单身汉老人？"

"不是，是年轻的，总是西装革履的。"

"哦，你说的是那个年轻的律师吗？"

"是不是律师不太知道。"

"他好像在一家合资的律师事务所工作，我在园区里也见过他几次。"

"哇，李姐，你就认识这样的人，我认识的怎么都是丧的。"这使她又想起了之前公司那个可恨的老板。

颜小玉走后，李影小姐赶紧看了一下电脑，通知显示，已经有陈理事发来的两封邮件。

照片下载后，先粗略地看了一下，然后再仔细地看，华人面孔毕竟还是少数，不费什么力气，她就基本辨认出，有好多都看着脸熟，有的还认识。虽然有的人没有交谈过，但连续几年，她都参加过同学会的大型聚会，多少都会有一些印象。

突然，有一个波士顿大学研究生的毕业照映入眼帘，有一位长发、戴眼镜、清瘦的、带着忧郁的眼神的女生引起了她的注意，李影小姐感觉那么一瞬间似曾相识，但仔细看又好像不认识。她试着用手挡住眼镜，盖住头发，瞬间，她有了一个大胆的想法，会不会是她？

不过，这变化也太大了吧？

第十二章　往　事

1

时间回到五年前，美国大学的校园，草坪上，留下了他们手拉手、欢快的身影，也有他们肩并肩地走在校园路上讨论问题，争论得面红耳赤的身影。也有那么一刻，他们每人手里都拿着一副近视眼镜，脸对脸亲吻的身影。她和魏鹏在"那个喜庆的日子"相识到相爱，一起度过了三年的时光。

"那个喜庆的日子"指的是三年前，在当地社区华人民间团体的协助下，大年初一，一个小礼堂里临时布置成了春节联欢会的现场，中间挂着一条横幅："庆祝春节，欢度新年！"室内挂满了对联、大红灯笼、各种颜色的气球。桌子上面摆满了家乡的小食品，红枣、花生、瓜子、葡萄干、年糕。还来了一个亚裔社区居民组成的小乐队。一套音响设备也被运了过来，里面正放着熟悉的《春节序曲》。

美国是一个多民族构成的多元化国家。城市居民区除了以经济地位划分外，还以种族、民族、祖籍来划分。不同的族裔在特定区域聚集，每个区自成系统。唐人街有着浓厚的中国文化氛围，中式店铺、餐馆，街道两旁林立着中式牌坊和建筑，时而听到熟悉的乡音。它可以联系感情、协调关系、在异国他乡相互帮助，同时也为自己民族文化得以在异国保持和延续起到保障作用。但也有部分人认为，这样的划分，影响了少数民族融入当地主流社会。

此时，礼堂里面正飞扬着《春节序曲》的音符。有两位华人直接跳起了秧歌，虽然舞步没有专业团队那么标准，但已经足够烘托气氛。

这时由学生扮演的唐僧师徒四人踩着鼓点走出来。另一队白娘子、许仙伴着锣、鼓、唢呐走出来。随着鼓点加快，出场的人越来越多。有秧歌、龙灯、旱船、踩高跷相互配合着表演出场。

严巍巍兴奋地说："这一看就是东北秧歌。还有'药大夫'，山东威海大秧歌。"来自四面八方的华人和留学生出场，大家的情绪也被调动起来，把联欢会不断地推向一个又一个高潮。

《春节序曲》一直在反复播放着。有很多外国人也加入了其中，有的在写对联，有的在猜灯谜，也有的在参加抽奖活动。

魏鹏的三位室友，刘小川、王言兵和严巍巍从下午节目开始时就一直在看，已经兴奋得不得了。为了参加这次活动，他们都分别和打短工的店里请了半天假。

刘小川想："魏鹏不能赶来太遗憾了，他一天都在学校实验室里面值班，请不了假。"

"真是太可惜了！"王言兵也叹息道。

此时的魏鹏心急如焚，在这个特殊的日子被导师故意安排在实验室值班的他不敢有半点怨言。

终于熬到了下班时间，他心急火燎地奔赴现场，希望能赶上晚上的文艺表演。

热腾腾的饺子端上来了，大家在音乐声中品尝着传统美食，互相拜年。晚上6点，表演正式开始了。魏鹏刚进大厅，刘小川就向他招手，大厅已经站满了人，他好不容易挤到他们跟前。

这时一个女生走上舞台，她身穿立领绿色旗袍，个子高高的，纤细的腰，瓜子脸，一对水汪汪的大眼睛，清新亮丽，勾人心魄，演唱着：

我遇见谁　会有怎样的对白

我等的人　他在多远的未来

我听见风　来自地铁和人海

我排着队　拿着爱的号码牌

我往前飞　飞过一片时间海

我们也曾　在爱情里受伤害

我看着路　梦的入口有点窄

我遇见你　是最美丽的意外

总有一天　我的谜底会揭开

台上她在深情地演唱着，台下的魏鹏已经热泪盈眶，他心里在呐喊："你等的人就是我！此时就在台下！"

歌曲演唱完毕，大厅里传来雷鸣般的掌声。而他还在哭着，泪流满面。

刘小川、王言兵、严巍巍一直在使劲地鼓掌，手都拍红了。突然，站在他旁边的王言兵一斜眼，看到他没有鼓掌，就用胳膊肘撞他一下，没有反应，再一看，他是那一副表情，还吓了一大跳。

但是更让他们吃惊的是，他突然像脱缰的野马，冲出人群，往舞台上跑去，大喊了一声，"站住！请留步！"

台上的她看向他！在场所有的人都看向他，被这突发情况弄得不知所措，现场鸦雀无声，音乐戛然而止。

大家都静静地等待着将要发生的事情。主办方的几个正在忙碌的青年，也立刻停下手里的工作，以为是她的歌迷或者仇人来闹事，赶紧因地制宜地拿着身边能拿到的椅子、可乐瓶，准备阻挡他靠近。

她也有点儿愣神，定眼一看也不认识来人，不知道将要发生什么事情，就愣愣地站在那儿。

魏鹏冲上台后，并没有靠近她，而是保持着三米的距离，看着她说："请等等，我要朗诵一首爱情诗献给你。此时此刻，我也要当着所有人的面说，你要等的人就是我。"

大家一看是来表白的，都松了一口气，音乐继续奏起，开始热烈鼓掌，起哄："来一个！来一个吻！来一个 KISS！"

魏鹏清清嗓子："我要把《诗经》的第一首献给你！"

关关雎鸠，在河之洲。

窈窕淑女，君子好逑。

参差荇菜，左右流之。

窈窕淑女，寤寐求之。

求之不得，寤寐思服。

悠哉悠哉，辗转反侧。

参差荇菜，左右采之。

窈窕淑女，琴瑟友之。

参差荇菜，左右芼之。

窈窕淑女，钟鼓乐之。

大家又一次热烈地鼓掌，这一次是为魏鹏而鼓掌。虽然都知道这首诗，也能说出其中两句，但能这么完整流利地背诵下来，也是个人才。她也大受感动。

人们还在台下大声喊着，有几个"老外"具体不知道朗诵的是什么，就觉得挺押韵的，连声也用中文喊道："好！很好！"

一开始喊着"来一个吻"的那群人，看出他们两个人没有任何互动，判断互相是不认识的，好像亲吻不太可能，就开始喊："牵手！牵手！"

他们也没有别的选择，不拉手还真下不了台。最后，二人拉着手，一起给大家鞠躬行礼，在欢呼声中下台了，把联欢会又推向了一个新高潮。

看着魏鹏满面春光地从台上走下来，严巍巍、刘小川和王言兵三人抱在一起，都哭得不成样子。他们都在羡慕和嫉妒着魏鹏，心里想：为什么牵手的这个人不是我啊？已经来美国几年了，都还没有女朋友。

两人就这样相识了。回忆起当时的情景，他们不约而同地开心地笑着。

此时，在魏鹏的宿舍里，她坐在他的腿上，一只手搂着他的脖子，另一只手抚摸着他那凌乱的头发。当嘴唇碰撞在一起的时刻，他们就像触电一样被惊到，两人亲吻着，亲吻着，她顺势倒在魏鹏的怀里。他看着她粉嫩的脸蛋，樱桃般的小嘴，不由得再次迸发出吻她的冲动，停不下来……

"鹏鹏，你都快毕业了，我们结婚吧！"她说道。

"好啊，一毕业我们就举行结婚典礼，领结婚证，我们也要像美国电影里面那样找个牧师证婚签名。"

"嗯，就这样定了！现在就让我们先庆祝一下。"

她去冰箱里拿来一瓶可乐和两个杯子。

"来！一人一杯，干杯！"

"干杯！"

2

"我收到了美国卫生部的邀请，开出的条件还蛮诱人的。"魏鹏手里拿着一封邀请信对她说道。

"那可太好了，你一定要接受啊！"

"应该不会，我还是想按照原来的想法，尽快回国，不想在这里浪费时间了。"

"我计划大学毕业后，继续读研究生，肯定在这里定居的，高中就已经在这里了，这也是我父母的意思，"她很坚定地说，"而且家里本来就不看好我们两个人的未来。你竟然又要放弃现在拥有的一切回国，太不能理解啊。"

"这有什么难理解的呢？我一直就是这样，从来就没有变过。"

"你太顽固了！难道你忘记了你的承诺吗？"

"我没有忘记，毕业后我们就马上结婚，然后我先回去创业，等你毕业再回去。"

"你太天真了！这怎么可能，难道和你一起回去，你保证就能创业成功？"

"不能保证，但不尝试怎么知道就不能成功呢？"

"太不可理喻了！"

此时，两人意见发生了分歧。一开始还在讨论，然后开始吵架，最后发展成冷战。但这些，都不能阻挡魏鹏回国的想法和决心。

就这样二人分手了。

魏鹏回国的前一天，宿舍的同学们给他准备了欢送会，也邀请她参加，但是她没有出现。

当时有很多同学都反对他回国，在宿舍里，大家你一言我一语地还在最后一次劝着魏鹏。

"国内在这个领域还很落后，研发跟不上，生产上就是做发酵。"刘小川很诚恳地说。

"这个专业的大学毕业生就业都比较困难。除非你回国后想作为学术带头人，不过估计也不太好做，没有强大资金的支持，很难弄出成绩。"王言兵认真地分析道。

"你又不是公派的，国家拿钱供你上学，必须回去报效祖国，否则会遭到鄙视。你是自费啊，又有女朋友在这儿，有点儿可惜，还不如在这里，按部就班地生活和工作。"严巍巍摇着头说。

"不过，我还是挺羡慕你的，毕竟你还能毕业，我都还不知道哪年才能毕业，能见到父母。总有一些种族歧视的人，处处刁难我，唉，我都不知道哪天忍不住和他们同归于尽。"王言兵情绪看起来很低落。

"言兵，发发牢骚可以啊，可千万别采取行动哦。"刘小川开玩笑地说。

隔壁一位新入学的经济学系酷酷的男生很神秘地说："要走就赶快走吧，不要犹豫，现在也正是需要你们这类人才的时候……"

"据说，钱学长一个人抵得上几个海军陆战师。我们这些人可没有这么大本事。"刘小川说。

"也不一定哦，小川学长就是数学天才啊！"

"别开玩笑了。"刘小川摇摇头。

"哎，再难的事也需要有人去做、去尝试，不然在这个领域，差距会越来越大。"魏鹏还是坚持着。

劝告不成功，就这样他回国了。

学院里的很多人都感到挺惋惜的。

刘小川说："他应该直接去了魅海……"

一开始他还和同宿舍的几人互通信件。又过一段时间，听王言兵说，好像魏鹏很沮丧，有点儿坚持不下去了，可能要去香鹏发展。听说有一位教授也是做这个领域的，还挺成功，邀请他合作，但是魏鹏那边的 C 区管委会了解到他的情况后，突然重视起来，还提供了更优惠的创业条件进行挽留，寻找相关人员去考察和投资，他的公司好像渐渐地步入了正轨。

三年后，数学天才博士刘小川顺利毕业了。在他正准备踏上回国之路时，坠楼身亡，死因至今不明。

四年后，即将毕业的生物学博士王言兵被发现死在宿舍。美国当地警方调查结果：他的血液里含有安眠药成分，初步断定为吞服安眠药后死亡。

但家属至今不认可……

3

她在波士顿大学学的是经济专业，当时很恨魏鹏，分手后不久，发现自己怀孕了。但她不想告诉他，自己还要继续求学，经过再三考虑，决定把胎儿打掉。虽然身体很快就恢复了，但是这件事对她的精神打击还是蛮大的，终日闷闷不乐，最终发展为中度抑郁症，最后不得不休学两年多，才勉强完成了学业。

根据精神心理医生分析：抑郁症发展到中重度时，由于患者持续处于心理压力状态，负面情绪积累得越多，越会感觉无助、绝望、无用，对世界厌烦，可能会出现极端报复社会的念头和行为，通过伤害他人来发泄痛苦或寻找存在感。但轻度抑郁症一般不会出现极端报复。

想想那段时间，是很艰难的。她庆幸认识了弗兰克，他时不时地开导她，鼓励她参加各种运动，陪着她去接受心理辅导。她的病也是时好时坏，有时她有很强的要复仇的表现和意识，有时又突然什么都不记得了。有时，她不相信魏鹏不爱她，肯定是自己不在他身边的缘故，执着地相信，如果在他身边就好了。

她又写信告诉他：她想要回国，想和他在一起。但魏鹏态度很坚决地回绝了，并且说："我已经有女朋友了，很快就要结婚了。"记得他最后一次回复她："已经不可能了！"自此再也不回她的信件了。

她不能接受这个现实。听弗兰克说："魏鹏的同居女朋友长得可漂亮了，还有照片，是从魏鹏同在一个园区工作的学弟手里搞到的。"她看到照片上的魏鹏，还有依偎在魏鹏身边的王丽，心中只有愤怒。

不久，她让弗兰克帮助她回国。她被安排在公寓附近的一个美国公司驻魅海办事处上班，工作清闲，但是，她复仇的愿望越来越强烈。

4

要想搬进魏鹏同一个公寓，她首先需要改变发型，本来想剪掉多年的长发，但最终还是不舍得，因为魏鹏不喜欢短发。又做了近视眼矫正手术，摘掉戴了多年的眼镜，潜伏在魏鹏身边。

她在寻找机会。只要魏鹏不在，她时不时地都会到王丽家聊天，即使碰到魏鹏，相信也不会认出来。

但是，有时她也会混乱，分不清梦境和现实。当她听到那天王丽对她说快要结婚时，她很愤怒，趁王丽上楼拿东西之际，把安眠药碎末倒入一个还剩大半瓶的葡萄酒里。回到家中，她又感到后悔和害怕，急忙给弗兰克打电话。

弗兰克说："这样会出事的，一定要把酒换回来。"他立刻给她送过来一瓶和王丽差不多的，大半瓶法国葡萄酒，并告诉她："赶紧换回来！"

她又急忙来到王丽家，借口想借一件衣服，公司有重要的活动。在王丽上楼找衣服时，她又把酒换了回来，赶紧跑回了家，把原来有安眠药的那瓶葡萄酒全部倒入了下水道。

令她不解的是，王丽当天晚上怎么还是死了呢？

有时，她突然又会冒出这样的想法，自己那瓶酒并没有拿走，也没有倒掉，王丽就是喝了那瓶酒而死的。

总而言之，王丽的死，她一点儿都高兴不起来，多年的仇已经报了，她反而每天都不能入睡，异常痛苦。

"也不知道魏鹏怎么样了。"她辗转反侧，鼓足勇气，决定和魏鹏谈一次……

不过想想，还是要和弗兰克商量一下，她有时会冒出奇怪的想法，这个世界上除了脑子里面挥之不去的魏鹏，现实世界里，她基本离不开弗兰克。没有他，她根本就不知道该怎样生活下去，他就像自己的家人和亲弟弟一样。

第十三章 会 面

1

忙了一天的魏鹏，想着今天是"头七"，说什么都要早点儿回公寓。

他收起公寓门前的快递，再加上之前没来得及打开的包裹，一个一个地拆开，有王丽买给自己的裙子、红酒，还有买给他的两条短裤，喜欢喝的白茶。

魏鹏看到这盒白茶，顿时感到痛苦不堪，百感交集，眼泪止不住刷刷地掉下来。这不是普通的茶，是原产自家乡的茶。

看到这盒白茶，又让他回忆起小时候和父母一起生活的情景，想起自己家山后的那一片茶园。

闽省大部分的土壤适合茶树的生长。唐代陆羽著的《茶经》引用隋代的《永嘉图经》："永嘉县东三百里有茶山。"依稀还记得小时候，父亲拿着一本不知翻弄了多少遍的手抄本茶经，有很多部分还缺失了，分析永嘉县是不是靠近自家的地方。父亲和一些茶农还有专家学者坚持认为，茶经里面说的是唐代的种植地区，永嘉县东三百里是大海，实际上是永嘉县南三百里，福之顶（福鼎）才是白茶的原产地。有时父亲坐在茶园前发呆，手里拿着那个手抄本，嘴里还喃喃自语：一之源、二之具、三之造、四之器、五之煮、六之饮……

后来，他被影响了，也看了起来。自《茶经》开始，历经千年，茶从平常的"饮"升华到修身养性的境界。为后代茶人提供了品香、行道、论艺、学礼的规范。可惜当他好像有点儿看懂《茶经》时，父亲就过世了。一想到这些，他感到心痛。

父母亲都没能等到他的新产品试制成功。在美国的八年时间里，母亲不幸去世，他没能回国。回国后，也只回过家一趟，就匆匆忙忙地来到魅海创业。第二次回家就是参加父亲的葬礼。

他觉得自己将以"何面目见江东父老"。父母亲从来都没有怪罪过他，相反鼓励他一定能成功，将来拯救更多人于病痛之中，造福人类。

每当想到这些，魏鹏就有了无穷的力量。他打开茶叶盒，从柜中取出自己心爱的，只有在特殊日子或者实验成功的时候才会用的紫砂壶茶具。先烫热茶壶和茶杯，再冲泡茶叶，连续喝了三杯，此情此景，让他想起了李白的诗句，朗诵道：

"孤灯不明思欲绝，卷帏望月空长叹。美人如花隔云端！"

2

轻轻的敲门声，魏鹏一看表，已经 21 点了，赶紧收好茶具放入柜中摆放好，整理一下衣服，前去开门。

"你是……哦，想起来了，你是住在 301？"

"我能进去吗？"武梦洁颤抖着说。

"请进！"魏鹏很热情地招呼着，他以为这位女邻居是来悼念王丽的。

武梦洁没有等魏鹏让她入座，就径直走入室内，直接坐在她熟悉的那款白色的、精致的雕花欧式沙发上面。

魏鹏一时有点儿没反应过来，站在屋中央，不知道自己坐哪好，也不知道该说什么，不过还是很有礼貌地拿来了一瓶矿泉水。

"请喝水。"

"这是你在美国时最爱喝的可乐。"武梦洁突然给他递过来一瓶可乐。

"啊？怎么……你是谁？"魏鹏不由得一惊，可乐！他已经戒掉好几年了，确切地说，自从和武梦洁分手后，他再也没有喝过，因为那是他们初恋的记忆。

"你看看我是谁？"说着，武梦洁猛然摘掉假发头套，露出了有点儿凌乱，黑白相间的披肩长发。

"啊，原来是你！"魏鹏倒吸了一口凉气。虽然他认出是武梦洁，但感觉还是变化太大了，一样的长发，已经没有了光泽，还夹杂着一些白发。尤其是面部表情，记忆中，她有着一双智慧的、明亮的大眼睛，但是现在她的眼神中充满忧郁、悲观、痛苦，偶尔还有些愤怒。

"梦洁，你是什么时候回国的？"

"我一直都在你的身边啊，我和王丽是好朋友，还经常到你家来串门。"

"这怎么可能？"魏鹏感到头皮发麻。

"啊，你不会已经告诉了王丽我们之前的事情吧？所以她才会想不开……"

"我没有告诉过她我们之间的任何事情。怎么？你现在还是想着她？这么多年你有想起过我吗？你知道我在美国都遭受了什么吗？你走时，我已经怀孕了，是你害了我。我要惩罚你，现在你知道失去亲人的滋味了吧？"

"啊！怀孕？可是你当时为什么不告诉我？"魏鹏很是惊讶，大声地问道。

"告诉你，又怎样？你能不回国吗？"

"至少我可以推迟回国的时间，一起商量解决的办法，一起面对。"

"可是我后来写信，你为什么都不回复我？"

"我们之间已经不可能了。我也有了王丽，我们会结婚组建家庭，可是万万没有想到，会是这样的结果。"

"那现在没有障碍了，我们可以在一起了啊。"

"不！梦洁，你应该开始新的生活，我们都应该开始新的生活，我会尽力补偿你的，但是我们是绝对不可能的。"

"我不要什么补偿，我不缺钱，父母在那边的生意很好，我自己也可以工作。为什么不能在一起？我们没有障碍了，我也已经回国了。"

"梦洁，你听我说，感情的事情是不能勉强的，都忘掉吧！我现在也没有时间再谈感情了，我有比感情更重要的事情需要做。"

"那我可以等啊！"

"这不是等的问题，是我们根本不可能了，我们之间已经没有爱了。"

"可是，我爱你啊！"武梦洁痛苦地哭泣着。

魏鹏有些不知所措。

这时武梦洁打开自己带来的可乐，"鹏鹏，喝杯可乐吧，庆祝我们又见面了。"

魏鹏看着痛苦不堪的她，拿过杯子倒了半杯，一口气喝了下去。他想走过去安慰她，但又觉得不太妥当。时间又这么晚了，他想劝她先回去，但话到嘴边又很难开口。情急之下，他急忙找手机通讯录，找李影小姐的电话，没找到。

想起她的电话是存在王丽的手机上。干脆直接过去求助，想想 312 房间和他只是相隔一户人家。魏鹏赶紧敞开大门，刚一迈步又退了回来，"不行，不能去，今天是王丽的'头七'，到别人家是不吉利的！我还是先打个电话吧。"他又从书柜中翻出了王丽的手机……

李影小姐正坐在昏暗的房间里静默，手机铃声冷不丁响起，那熟悉又陌生的号码在屏幕上闪烁，像一道诡异的光。她心头猛地一惊，寒意从脚底蔓延至全身。

她犹豫了几秒钟，还是拿起手机贴到耳边，电话那头传来魏鹏仿佛从另一个世界飘来的声音。

她几乎都没有挂掉电话，就抓起一件羊毛开衫，边走边穿上，门也来不及锁，急忙来到魏鹏家。

一看到坐在沙发上哭泣的武梦洁，她明白了一切。

"梦洁的情绪有些激动，能否帮忙把她扶到自己家中休息？"魏鹏说。

"嗯，武小姐，你看今天也挺晚了，有事明天再说，我先送你回家，好吗？"

武梦洁没有拒绝，只是满脸的悲伤，试图站起来，但是有点儿站不稳，嘴里还说着："不好意思，添麻烦了，都是我的错。"

李影小姐和魏鹏一起搀扶着她，往家里走。

进到武梦洁的屋内，李影小姐环视了一下房间，简单、整洁，没有太多的家具和摆设，也没有什么特别的装饰和物件能留下印象的，房间的一切应该都是房东出租时的样子。

先扶着武梦洁躺在沙发上，拿了桌上的一瓶矿泉水，让她喝了几口。

"要不，我先陪武小姐待一会儿，魏学长先回去休息吧。"李影小姐对着魏鹏说。她也知道今天是王丽的"头七"，应该早点回家睡觉，这个时间还在外面确实不太妥当。

"这样也好，那就太麻烦你了。"魏鹏有点儿茫然，但更多是解脱的表情，离开了武梦洁的房间。

3

满脸憔悴的武梦洁看到魏鹏走后，重复着，"是他害了我，他为什么不愿意和我和好如初？王丽已经死了，没有障碍了。"

"感情的事情，很难说清楚，有时和付出是不成正比的。我有一位女性朋友，和男朋友在一起八年，有一天她向他提出结婚时，男的没有说话。再过几天，男的对女的说，我对你一点儿感觉都没有，分手吧。"李影小姐轻轻地叙述着。

"后来你的朋友怎样了？"

"一开始怎么都想不开，像祥林嫂那样到处和人说，从24岁就跟着他，现在已经32岁了，感觉生活一切还要从零开始，怎么生活下去？经过长时间的挣扎，终于有一天想通了。她不停地做事情，不去想他。后来她找到了新的男朋友，结婚有了孩子。那个前男友据说还是单身，换了好几个女朋友了。"李影小姐试着安慰她。

"她真勇敢、坚强。"

"这可能就是一枚硬币的两面吧。"

"没太明白，什么意思？"

"是看它的负面，永远悲观厌世，还是看它的正面，把苦难化为力量。"

"我要报仇！"

"可是报仇后，你会变得快乐吗？"

"不，一点儿都不快乐，反而更加痛苦。"

"武小姐，你将来有什么打算吗？"

"不知道，多年前和魏鹏分手时就已经没有将来了。"

"有亲人在国内吗？"

"父母都在美国，这边老家也都是远房亲戚，已经很多年不来往了。"

"那你是一个人来到魅海的？"

"算是吧，嗯，还有一个……弟弟。"

"哦，他和你住在一起吗？"

"不，他有他自己的工作和生活。李小姐，能帮忙给我拿片安眠药吗？"

"当然可以。"

"在上面的药箱里面。"

李影小姐打开一个药箱，看到各种药物，有很多都是英文名。

"这些都是在美国开的，没有这些药，估计我也活不了这么多年。"

她找到一瓶和在王丽家看到的相同的药，"你说的药是和王丽一样的安眠药？"

"哦，是吗，也许吧！安眠药都差不多。都是抗抑郁和精神方面的药物，我有很重的抑郁症，已经好多年了，有时我记不清楚以前的事情，但有时又很清楚，有时觉得刚刚发生过的事情，但又好像是很久以前的事情。"

"那你每天一个人可以吗？对工作没有影响吗？"

"工作还好，我也不需要每天都去。"

"你早点休息吧，我也不打扰你了，需要扶你上楼吗？"

"不用，我就想在下面躺会儿。"

"哦，武小姐，顺便问一下，你弟弟经常来看你吗？"

"也不是经常，他会打电话。"

"好的，那你先休息吧，这是我的电话，有事打给我，我住312。"

"李影小姐，你太好了，太善良了，太感谢了……电话……弗……F……兰克……鹏鹏……弗兰克……"

感觉武梦洁说话已经有点儿断断续续地，还说着梦话，估计安眠药起了作用，她又找来毛毯给她盖上，轻轻地走出房间，关好门。

　　李影小姐在经过魏鹏的房间时，犹豫了一下，但还是敲了门。

　　"魏学长，她已经睡着了。"

　　"实在是感谢，多亏你帮忙。"

　　"不客气，有话明天再说，晚安。"

　　"好，晚安！"

第十四章 失 踪

1

李影小姐回到家中，受到"头七"传说的影响，也赶紧洗漱，钻进了被窝。

不知道怎么回事，看到武梦洁，就让她想起柳二嫂。小时候，外婆经常给她讲柳二嫂的故事，她在吃完不明的野菜后经常会产生幻觉，然后会莫名其妙地出现在小河边的凶杀案现场，她觉得是她自己杀死了同伴，因为手上沾满血，有时还会被村里的人看见手里拿把镰刀从村头经过，虽然她拿镰刀也很正常，因为需要割草干农活。问题是在那个时间段里，村子里面又出现了死人，所以不得不让人产生怀疑。

想着想着，她就进入了梦乡。

第二天一早，在上电梯之前，李影小姐还是敲响了武梦洁的房门，她似乎精神好了许多。

"武小姐，要注意休息哦，不要想太多。"

"我没事，实在是添麻烦了。"

告别武梦洁后，她快速地走出公寓，在花坛旁，看见了一位穿着一身崭新制服的年轻保安。

　　"请问，你是新来的保安吗？"

　　"也算是吧，已经有2个多月了，你是住在1号公寓吗？"

　　"对，我是三楼的李影。"

　　"这里面住的人挺杂的啊，感觉全国各地的人都有，就差世界各地了。"他笑着说。

　　"魅海特色哦，你是刚来这里不久吧？"

　　"是的，猜对了，我武警复员，就直接从徽州老家来魅海了，想体验一下大城市的生活。"

　　"可以和你们经理汇报下，公寓为什么不设置专职保安，在公寓外面设置门岗也行啊，也没看见过保安在公寓内巡逻，只有在催收物业费的时候，才会看到保安和物业经理挨家挨户敲门时和蔼可亲的身影。"她其实是想说气势汹汹的样子，但临时改了口。

　　"我是打工的，又是新来的，也没办法提，领导安排干啥就干啥。不过，如果有需要特别注意的地方，可以随时找我，或者直接给我打电话。"

　　"好的，谢谢王凯。"她看到他胸前的标牌上写着王凯，"还真有事情想请你帮忙，这几天请多留意一下301的武小姐，适当的时候可以敲敲门，看一看有没有什么异常情况。有事可以给我打电话。"李影小姐快速地输入了王凯的手机号码，并立刻打给他。

"好的，有事情我会联系你的，"王凯保存了号码。

"哦，我要上班了，再见！"李影小姐挥挥手。

2

中午休息时间，李影小姐在网上检索武梦洁药箱里面的几种大致药名。可能是新药，网上几乎没有信息。

她想着，还是要请教刘医生。随即给他发了短信。

你好刘医生，有几种关于美国最新的抗抑郁症药物的情况想咨询一下，一会儿，我会把大概的药名发给你，有的还记不太全。

刘医生简短地回复道：

收到。这些都是美国（FDA）最新批准上市的新型抗抑郁药，用于成人重症抑郁症的治疗。没有被用于未成年人的治疗。关于药物具体情况，等以后详谈。

一晃快到下班时间，突然接到电话，"李小姐，麻烦问一下，今天看到过魏总没？"电话那端，传来老张急促的声音。

"我们昨天晚上见过面。"

"哦，魏总今天一天都没来上班，一开始以为会晚到一些，因为昨天是王丽的'头七'，就没打扰他。但是下午还没来，以为直接去园区开会了，现在同事需要向他汇报工作，也找不到他。魏总的电话，我打了好几遍都没有人接，感觉不太对。你回家的时候，请帮忙确认一下，魏总是否在家里。"

"好的，我这就赶回去，有消息联络你。"

放下电话，她也觉得有点儿不放心，看到他昨晚的状态，后悔今天早上没有看望魏鹏，只想着确认武梦洁了。

她赶紧翻出物业的电话，给前台打了过去。

"你好！麻烦请帮忙去看一下1号公寓308房间的住户……"

"好的，请不要着急，我们会派人确认……"客服小姐不紧不慢地说着，好像刚刚睡醒。

她又急忙打电话给王凯，"你好，能否麻烦你现在去看一下308的魏先生，他今天没有去上班！"

"放心吧，李影小姐，我现在就过去，有事给你打电话。"

"好的，谢谢！"

她放下电话，和同事交代一下，急急忙忙下了楼，直奔地铁站方向。

刚一出园区大门，就接到王凯的电话。

"李影小姐，敲了半天，里面没有应答，你确认里面有人吗？"

"里面肯定有人！你再敲，不行的话，想办法把门打开。"

"好，我再试一下，不过随便撬门应该不行，除非确定里面的人有生命危险，得找警察来。"

"好的，知道了。"

"我还有十几分钟就到了。"她一边说着，一边跳上一辆出租车。

同时给胡警官打了电话。

"请帮忙去现场看一下，怎么办啊？还有一个情况，武梦洁就是魏鹏的前女友。"

"哦？谁是谁的前女友？我争取尽快赶过去。"

由于情况紧急，她不能具体解释，赶紧挂断电话。

她又马上给老张打回了电话："魏鹏的房门暂时叫不开。"

"我马上赶往公寓。"电话里同时传来老张在启动汽车的声音。

李影小姐都安排好后，和司机说，"师傅，请你开快点儿。"

"简直了，我就喜欢这刺激的，已经等了好久了。"司机兴奋地一脚踩下油门，汽车像箭一样飞了出去。

3

不到 10 分钟，车已经到了公寓楼下。

她飞速地跑上七级阶梯，差点和高大的艺术景观，亨利·戴维·梭罗——Henry David Thoreau 来个亲密接触，这个雕塑可是街区的一个特色景点啊。

她刚一出 3 楼电梯，就感觉走廊里的气氛很紧张。

308 门外已经围着很多人，保洁赵阿姨拿着拖把站在远处张望着，有人小声议论着，有人大声喊着："有人吗？快出来啊！"

突然听到武梦洁的声音："鹏鹏！鹏鹏！快开门啊！都是我的错，是我害了你，你快出来吧！"

李影小姐从后面挤进人群，来到门前。

"李影小姐，就是不出来开门啊，你确认里面有人吗？"王凯满头大汗，不停地在门边徘徊，手都敲青紫了。

"肯定有人，准备撬门吧。我已给派出所胡警官打过电话了。"

"邢队长，多派几个人上来，还需要撬门工具。"王凯立刻用对讲机呼叫了保安队长。

不一会儿就有两位保安跑上来。

"如果搞错了，这个责任谁来负？保安和物业都没有权利撬业主家的门的。"邢队长气喘吁吁，急匆匆地跟在两位年轻保安的后面，上气不接下气地说。

"我们大家来负责，救人要紧。"这时围观的人们出奇一致，异口同声地喊着。

"嗯嗯，那就开——开——开——门！"可能是紧张，邢队长还突然磕巴起来。

最后一个"门"字的话音还没落下，王凯已经抑制不住，连续"啪""啪""啪"三脚，门立刻就松动了。小陈保安拿来一个撬棍，王凯拿着一把锤子，两人配合着将门打开。

王凯第一个冲进去，只见楼下没人。

"楼上！"众人喊着。

王凯立刻奔向楼上，刚上楼梯台阶，他就看到，魏鹏在楼梯口躺着，试图往下爬的姿势，整个人处于昏迷状态，没有任何反应。

"赶紧打120。"王凯大声喊道。

邢队长迅速掏出手机，刚要拨号，突然手一哆嗦，手机竟然掉在地板上，他赶紧蹲下身子捡手机。

此时，王凯正在拍打着魏鹏的肩膀说，"醒醒""醒醒"，然后，腾出另一只手掏出手机，拨打了120，冷静地报出了位置，请求赶快来救治。

这时，胡警官和杨洋警官也赶了过来，告诉大家："都不要动，保护好现场，都先撤出来吧。"

忽然，武梦洁不顾一切地朝着魏鹏扑过去，邢队长快速地伸出手想拦住她，脚下不稳，被什么东西给绊了一跤，整个人重重地跪在地上了，但依旧紧紧地抓住了她的衣服，成功拦截。

隐隐约约听到了救护车的声音，由远而近传来，不一会儿，走廊里面出现两位急救人员，大家立刻闪开一条通道。经过紧急抢救后，魏鹏还在昏迷，似乎很严重，情况不太明朗，需要立刻送往医院。

"谁是家属？可以跟过去一位。"救护医生问道。

"我是，我要跟着去。"武梦洁说。

"武姐，你的状态不太好，你不能去，还是回家休息一会儿吧。"背后传来了乔森律师的声音。

"我去，我是和魏总一个园区的，他也是我的学长，我住在4楼，我叫文书薇。"一位清秀、漂亮，二十七八岁，高个女孩冷静地说道。

"魏总，魏总！"这时老张也急急忙忙地跑上来。

急救医护人员抬着魏鹏下楼，老张和老战友胡警官握了一下手后，紧跟着救护人员下楼了，只见文书薇也一路小跑地跟在后面。

不一会儿救护车呼叫着，疾驰而去。

魏鹏被救护车拉走后，众人又都聚在308门口，谨慎起见，胡警官还是让杨洋警官对现场进行了初步勘验，拍了照片，并建议找个临时锁头把门锁上，钥匙先由物业暂时保管。修理工爱师傅拿来一把简易的大锁，一番熟练操作就把门锁上了。

不知道啥时候，物业蔡经理也赶了过来，躲在住户们的身后，好像发生的事情和他没什么关系，是来看热闹的。

现场还是有点儿乱，各邻居之间还来不及互相打招呼，胡警官就喊着："没事了，没事了，有消息会通知大家。"

李影小姐看到乔森律师正在搀扶武梦洁回家，又看到颜小玉和沈浩牵着雯雯走回去的背影，也看到赵女士和刘伟，一边摇着头回家，一边说着："造孽啊！"

老付穿着一件变形的深绿色套头衫，一只手使劲地牵着小虎，另一只手拿着一把锤子，好像刚才也要帮着砸门的架势。

小虎一直就直勾勾地盯着雯雯看，不停地想冲过去。雯雯警觉地不时地回头盯着小虎，一直准备着，只要小虎过来就大喊的架势。

老付也跟着胡警官喊，"散了，散了，"还冲着他说："凶多吉少啊。"

"有消息会告诉大家的，大家不要传谣。"胡警官再次喊着。

"谢谢胡警官！"李影小姐急忙上前致谢，"我会等医院的消息。"

"是的，我也会关注医院情况的。先这样，我们回去了，有事再联系。"

"好的，再见！"

"谢谢邢队长，谢谢王凯。"李影小姐依次地感谢着。

"希望他平安无事。我们就没白忙活啊。"王凯怀着喜忧参半的心情离开公寓。

大家道别后，各自回到了家里。

远远望着武梦洁和乔森律师的背影，李影小姐好像想起了什么……

第十五章　退　场

1

当天晚上9点多钟，李影小姐给老张打了个电话，电话那头，老张语气有点儿沉重：

"魏总目前还在ICU，没有苏醒过来。"

"是什么原因引起的昏迷？"

"还没有查出来。脑CT已经做了，没有异常。"

她想想，还是给刘医生打了电话。

"你好！刘医生，魏鹏目前还是昏迷不醒，如果有时间最好能去看看他，也许你能帮上他。"

"唉，今晚实在走不开，有患者需要紧急救治！争取明天一早过去。"

"好的，谢谢刘医生！"

第二天早上，刘医生打来了电话：

"魏鹏可能是食物中毒了，还要等最后结果出来。"

"果然不出所料！"李影小姐一点儿都不感到惊讶。

第三天正好是星期六，不到 9 点，就听到走廊内有点儿骚动，仔细听，声音应该是从 308 房间传来。

李影小姐小心翼翼地打开门，拎起一包垃圾，慢慢地走出去。经过 308 时，看到房间已经被封锁，屋内有警察在拍照，还有两个刑侦模样的警察，在室内勘验、检查。

她刚想停下，试图往里面多看几眼，就被门口的年轻警官拦下，她赶紧坐电梯下楼。在公寓周边转了一圈，也没有看见警车，估计警车是直接停在地下停车场了。

李影小姐心想："魏鹏肯定是被下毒了，应该已经得到证实，感觉他的情况不是很好，但也有可能有好的结果，如果中毒的检测结果出来，就可以对症下药治疗了。"

这时，她的手机响起，是刘医生打来的：

"实验结果出来了，是食物中毒，医院这边已经报警了，警察也来过了，做了初步调查，让我们暂时保密。魏鹏目前还没有醒过来。我得赶紧回医院，老张一直在陪着，还有一个女孩，据说，警察调查完，已经让她回去了，我得挂了。"

没过多久，又接到胡警官打来的电话："魏鹏是食物中毒，目前已经是区刑警大队在负责调查，魏鹏还在救治中，具体事项不方便透露。"然后又嘱咐她："最好不要参与其中，注意安全！不排除有人下毒的可能，也可能是不小心误食的。"

"哦，胡警官，有件事还没来得及详细说，301 的住户武梦洁，就是魏鹏在美国的前女友。最近她的精神状态不是很好，你们最好能采取点保护措施，有点儿不放心。"

"嗯，我会和物业还有居委会沟通的。"

2

一周后的早晨，警察来到301——武梦洁家。

物业安排王凯先敲门："你好，武姐，在吗？我是王凯，你还好吗？"连续敲了几下也没有人回答。

"武小姐，你在家吗？"清洁工赵阿姨也被安排去敲门。

屋内一点儿动静都没有，警察决定破门。当他们冲进去时，发现她已经死亡。

现场还发现武梦洁留下的一封遗书。初步判定是服用安眠药自杀……

他们对现场进行拍照、录像、采集证据后，最后将尸体送往法医进行尸检。

经法医尸体解剖检验，确定为非他杀案件。警察已经做了警情通报。武梦洁死前留有的信中，承认王丽是她所杀，魏鹏喝的可乐里面的毒药也是她投的，投毒案告破。由于武梦洁的自杀，即案件的嫌疑人死亡，不予追究刑事责任。

据说魏鹏已经被抢救过来，身体正在恢复中。

一个星期后，魏鹏出院。他也没有追究武梦洁及其家人的民事责任的任何想法。胡警官透露：武梦洁父母已经全权委托了乔森律师处理武梦洁的后事，根据父母的意愿，她的骨灰已经运回美国安葬。

3

事情到此，应该就彻底结束了。

公寓里的人们也迫切地期待，这次是真的结束了，能回归到正常的生活中，能继续过着平静的生活，虽然会有一些邻里摩擦和不快，但也好过发生不幸的案件，有警察上门调查。

但是，李影小姐感到：事情好像没有这么简单，如果武梦洁是柳二嫂，那么背后还应该有个凶手存在，还会继续杀人。

她又联系了胡警官："案件就这样结束了吗？总感觉哪里不太对……"

胡警官很为难地说："我不是刑警，目前也并不负责这个案件的调查，除非有什么明确的线索和证据，我才可以向领导汇报情况。"

"请问她弟弟是谁？"

"什么弟弟？谁的弟弟？"

"武梦洁的弟弟？"

"她没有弟弟，只有一个哥哥，现在在美国，一直就没有回过国。"

"谁是她最好的朋友？"

"武梦洁是一个人回国的。没有什么朋友，只有一名外国同事。而且从她的病例中可以看出，她有挺严重的抑郁症，虽然有药物可以暂时控制，但如果受到严重刺激还是会发病的。"

"乔森律师是她的什么人？父母为什么委托他处理后事？"

"哦，是这样，我们已经了解过了，他和武梦洁是在同一所大学读书时认识的，他几年前在香鹏工作，近两年来到魅海，经常在美国、魅海和香鹏之间出差。在这里遇到了武梦洁，碰巧又在一个公寓住。我已经尽了最大的力量，和庞所长请示后，才被允许和你透露了这么多的情况。"

"好的，谢谢胡警官！"

"你也可以安心工作了，王丽的事情也弄清楚了。"

"武梦洁的信中提到，因为她经常去王丽家中串门，看到王丽在吃安眠药，也知道她喜欢喝红酒，所以，就想出报复的方法。在得知王丽和魏鹏快要结婚的消息后，她把大量的安眠药碾碎，放入一瓶开着的红酒中。碰巧王丽当晚心情不好，喝了将近两瓶的红酒，最后导致了死亡。"

"有没有可能，武梦洁在抗抑郁症药物的作用下，想象着是自己把药放进了红酒里面，而掩盖了真正的凶手？"

"这个……目前没有这方面证据。武梦洁的动机非常清楚，她回国的目的就是为了报仇，她恨王丽，也恨魏鹏。"

"胡警官，如果某人的目标一开始就不是王丽，而是魏鹏，那你们还能继续调查下去吗？"

"目前来看，这个案件已经结束了。除非能提供有力的证据。"

"还想问一下，武梦洁是用的什么毒药？"

"魏鹏是曼陀罗中毒！"

"她是如何弄到手的？"

"这个……在信中没有提及。但是很明确地说，是她下毒的。她听说魏鹏还没有醒过来后，就自责是自己害了他，并执着地认为魏鹏很可能会死，救不回来，感到活着也没有什么意义。"

"如果武梦洁是柳二嫂，吃了致幻药物，她幻想着自己杀了王丽，给魏鹏下毒，而恰巧，王丽确实死了，魏鹏也中毒了，她也恰好在现场。而实际是柳二嫂的丈夫柳小二干的，柳小二之所以要害死柳二嫂，是因为他可以继承她娘家的一座小楼和几头牛的同时，还可以同邻村的刘巧巧结婚，因为刘巧巧也马上会在她丈夫死后继承一大笔遗产……"

"哎呀！小李，拜托了，你把我的脑子搞乱了，你看的推理小说和悬疑剧太多，都不能自拔了，你还年轻，一定不要走火入魔啊，周末多出去逛逛，魅海太大了，有太多的名胜古迹值得去，要不去谈恋爱，交男朋友，去看电影，逛公园。"

"哦！谢谢胡警官，我还没有精神错乱，我这辈子是找不到合适的男朋友了，都不是我的菜。"

"还有，感谢你发现得及时，魏鹏也算是救治及时。"

"哦，不客气，大家都有出力，应该感谢大家的帮忙。"

"好的，先这样，多出去走走，别总在家琢磨这些事情，警察会调查清楚的。"

"再请问胡警官最后一个问题：你是否有可能会调到刑警大队去配合工作啊？"

"哎哟，还刑警大队，小李啊！你想得太简单了，我现在这个年龄，不被人烦，不下岗就不错了，能平平安安退休，能领到退休金，就谢天谢地，倍感幸福了。"

放下电话后，李影小姐感到一丝茫然，真是自己追剧追多了？看小说看多了？已经结案了，王丽的事情已经弄清楚了，可以休息了，可以给自己放假了。如果再发生什么事情跟自己也没有关系！

但是，一些问题还是没弄清楚，这不是她做事的风格。

随后，她果断地给刘医生打了电话……

第十六章　调　查

1

李影小姐一直都在想一个问题：武梦洁长期患有抑郁症，而且得病的原因多多少少也和与魏鹏的早期失败恋情有关，是不宜听到关于魏鹏的任何信息的，但她是怎么不断地接收到他的信息的呢？魏鹏已经多年不和她联系，她又是怎么找到这里的？

她的那位弟弟到底是谁？她的父母为什么没有阻止她回国？弟弟既然那么照顾和关心她，为什么不通知她的父母一起阻止她回国呢？

她又回忆起，武梦洁那晚时断时续的梦呓……

她在纸上写着："谁是她的弟弟？为什么？目的是什么？谁又是弗兰克？Frank？弗兰克和弟弟是一个人吗？"

还是选择晚上比较合适，李影小姐一直在想以什么借口和方式去乔森律师那里打听一下武梦洁家人的情况，距离最后一次见到武梦洁已经过去十几天了。

晚上 7 点钟，她挑选了一条蓝色的长袖、长款厚连衣裙，脚上穿一双蓝色半高跟绣花鞋，连续做了几个深呼吸后，走出房门。

2

实际上，她和乔森律师家离得也很近。他家在另一侧的走廊尽头，一般不会往那边看，那边也同样拥有一部电梯和旋转楼梯直通楼下，下到庭院后，穿过花坛，进入大厅。但是她很少用那部电梯，只在其他电梯有故障或者拥挤的时候，用过几次，只是习惯的问题。

他家正好在拐弯处，站在这个位置，她第一次发现，可以看到整个走廊的全貌。

李影小姐轻轻地敲了敲门。

"请进！门没有锁。"里面传来了乔森律师的声音。

"不好意思，大家邻居这么久了，还是第一次拜访，实在是不好意思。"

"哪里，是李影小姐啊！"

"是的，这次来主要是一位朋友想在美国开一家公司，不太明白具体的操作流程，想了解一些相关法律。"

"没问题，我可以过会儿或者明天一早发一些文件，请你的朋友先看一下，如果有兴趣或者不明白的，可以和你朋友见面谈。"

"好的，明天发就可以。还有，我听说你和武梦洁是一个学校毕业的？"

"是的，我比她小几届，学姐不是中间休学了大约2年嘛，所以就互相认识了。"

"那你认识魏鹏吗？"

"不认识！一开始只知道学姐有个男朋友回国了，受了一些刺激，休学了。学院里的留学生大部分都知道这事。学姐修的一门课程正好是大课，我们都在同一间大教室上过课。"

"哦，那你会经常陪她去看心理医生吗？"

"这个……好像忘记了，可能有过一次。后来慢慢熟悉了，学姐经常会给我们讲她和魏鹏的故事，是魏鹏抛弃了她，她要复仇之类的，大家已经都习惯了，也没有当回事。毕业后，都各奔东西，听说她在美国也有了工作，好像还去新加坡工作过一段时间，病情也有好转，大家听到后还都挺高兴的。后来好像有个和魏鹏一个园区的人，不知道怎么就把他女朋友的照片传给她，她就决定回国工作。家里人没有办法，托人找了份工作，开始以为找不到魏鹏或者他已经结婚了，她就会回美国的，谁想到会发生悲剧，这些事也是我这次听她的母亲和哥哥说的。"

"请问当时为什么没有送她到医院治疗或强制治疗？"

"哎，家里人实在不舍得把她送进精神病院，虽说美国的医院治疗和住院条件各方面相对也比较好，但还是不舍得把女儿送进去，怕受欺负。还有，这么多年都过来了，平时都按时吃药，而且吃的都是最好的药物，估计问题不是很大。"

"是这样啊！你说的哥哥，是她的亲哥哥吗？"

"不是，是堂哥。"

"她有弟弟吗？"

"弟弟？没听说过。"

"在魅海，她有很亲近的人吗？"

"应该没有。没听到她的父母和哥哥提起过。"

"她每次吃的药是谁帮她开的？"

"据说她回国的时候带了很多。她家里人应该也会托人给她带来一些。"

"是这样啊。"李影小姐轻轻地叹了口气。

"虽然有好的药物可以暂时控制病情，但是也会随时复发。她有时会幻想有个弟弟是很有可能的，有时还会感觉到有人要害她，出现幻觉也很正常。她的话有时也不能太当真。"

"只是觉得好可惜啊，都这么年轻。"

"都这么年轻？你是说？"

"我是说，先是王丽，然后是武梦洁。"

"哦，是那个 308 的王丽啊。"

李影小姐很冷静地、仔细地观察了一下他的脸部表情和身体的细微动作。

"真的是好可惜啊！"他流露出哀伤的表情。

"李影小姐，要喝点什么吗？光说话了，别客气，来杯咖啡，可以吗？"

"也好，那就不客气了，正好想喝一点儿咖啡提提神。"

3

趁着乔森律师制作咖啡之际，她环视一下屋内，这套房子要比同楼层其他家的房间面积大 2 倍，家具不是很多，给人略显空旷的感觉，楼上应该有 2 间卧室，楼下房间都是关闭的，具体功能划分不太好确定。

沙发后面的墙上挂有一幅巨大的装饰画吸引了李影小姐的目光，这幅画好像在哪里见过，肯定是世界名画，好像叫什么……咖啡馆，但一时还叫不上来准确的名字，看风格应该是梵高的作品，她认为画夜晚和星空的世界名画大概率是梵高的。

沙发后面的装饰柜上摆了几幅小的装饰画作，有人物肖像，还有类似《星空》。啊！竟然也有一幅《向日葵》，那这些画应该都是梵高的作品了，李影小姐家一进门的走廊上也挂着一模一样的《向日葵》，只是她的装饰画的尺寸要大很多。

她默默地思考着……

李影小姐又把目光移到一排酒柜上面，里面存放了各式各样的酒。一眼能看到的有红葡萄酒、白葡萄酒、香槟，好像还有白酒。

"你很喜欢喝酒吗？"

"也不是，偶尔会喝点，有时用来收藏。"

"关于收藏，我就不懂了。你也喜欢梵高的画？"

"是的，挺喜欢的，你看这幅《夜晚露天咖啡座》在灯光照射下，黄色的咖啡座和蓝色的星空形成鲜明的对比，洋溢着一种平和的诗意，安详和宁静的画面感，我特别喜欢这种感觉。"他有点儿兴奋地说。

"哇！对梵高的画作这么有研究啊！"她心想着自己买《向日葵》时没有那么多想法，就想着门口需要挂一幅世界名画，最好是花草类的，颜色漂亮的就行，在购物网站上，这幅画突然弹出，仿佛与她有缘，就选了它。

"乔森，你老家是哪里的啊？"

"粤。"

"还有亲人在那儿吗？"

"老家没有亲人了，父母在我小时候就去世了，但老宅还在。"他有点儿伤感，沉默了片刻。

"哦，真不好意思，勾起了你的回忆。"

"没事，已经释怀了。"

"小时候，你是怎么生活的啊？"

"都是哥哥照顾我的，他承担了照顾父母的所有责任和义务，还送我上大学，去美国读书。"

"你哥哥太了不起了，你也很了不起，没有辜负哥哥的期望。"

"哪里，还是差远了。"

"你哥哥也是大律师吧？"

"唉，他天天上班，工作，再工作，很少休息。"

"是这样啊。咖啡真好喝，我们好像以前在园区见过面，对吧？"

"是的，有时我会去那边见客户。"

"哦，光顾说话了，时间已经不早了，以后再来串门，真的打扰了。"她看看手表，快9点了。

"很高兴和你聊天。放心，明天会发邮件。"

"给我一张你的名片，好吗？"

"没问题！"他顺手从办公桌上的名片盒里取出一张递给她。

李影小姐快速地扫了一眼名片，英文名字是JONSON TONG，中文名是乔森。

在他递名片的时候，李影小姐得以第一次近距离地观察到他，感觉他比平时看到的更加高大帅气，一米八的身高，稍微有点儿清瘦，不是特别壮实，但也不是见风就倒的那种类型。皮肤是健康的棕色，脸型大气，透出文雅，还有点儿学院派的气质，全身散发着淡淡的古龙香水味。

李影小姐这时的思绪有点儿游离，画不是很懂，香水还是有点儿常识，她判断，他应该是很细心、有品位、很在意自己的形象，自尊心很强的人。年龄也不大。

"李影小姐看着像刚毕业的大学生哦，但是智慧非凡。"乔森律师似乎看出了她的心思，随即说了一句。

李影小姐"扑哧"一声，差点笑出了声，"彼此彼此。"

告别乔森律师那一刻，她突然又想起，那天在昏暗的走廊那头轻轻敲门的模糊身影。

第十七章　调查继续

1

从乔森律师家回来，李影小姐还是比较失望的，她没有找到叫 Frank 的人，也没有找到武梦洁的弟弟。

好像事情到这里就真的结束了。

但是，她还是莫名其妙地感到不安，和上次魏鹏出事之前的感觉差不多。总感到身后有一股冷风袭来，很冷，又找不到人帮忙。思来想去，已经到了起床的时间，由于用脑过度，早上起来，头沉沉的。

她上午在金融之角和客户约好谈些事情。

结束后，她想到最近公寓发生的一系列事情，还没有好好休息过，无论如何得犒劳一下自己，就直奔春申江大道方向。

据说春申江因战国时期楚国春申君黄歇而得名。春申江潮起时，浪花奔腾，声势浩荡，可以近距离感受到大自然的魅力，在平台上凭栏临江，背靠着星耀之塔，眺望着对岸欧式古典建筑群，有一种壮丽的感觉。

不熟悉魅海市的，刚开始还挺难找到对岸这条路。大家习惯于花园路步行街那边，隔岸观看星耀之塔，还有幻金中心、东方天际线大厦、空灵金阁，这些都是魅海标志性的建筑。没有看过这几个现代化的摩天大楼，就等于没有来过魅海。花园东路步行街那边人很多，比较拥挤。相对于对岸，这里人流少许多，隔江相望，不仅可以看到对岸的沉香饭店，还有万国建筑群，又是别样的风景。

两岸风景相映成趣，繁华喧嚣与宁静优雅并存。

欣赏两岸风景之时，李影小姐也在寻找着那家西餐馆，她一般都记不住餐厅的名字，尤其是去过一两次的。有一次是客户请公司同事吃饭，记得有服务员是外国人，应该就是这家西餐馆。

她选择了室内坐下，今天的天气不冷不热，室内空调也没有开启，温度刚刚好。

她点了一份牛排套餐，还不包括咖啡，咖啡另算，130元一杯，如果不点套餐，单点咖啡是260元一杯，跟日本东京塔下的一家著名的咖啡店有一比。

还是算了吧，不要咖啡，就喝柠檬水，柠檬水是免费的。

"对不起，这里不提供柠檬水。"外国男服务生笑着说。

"饮用水有吗？"

"没有。"

"……"

"水都是要付费的。"

"……"

没到 10 分钟，一块带骨头的牛排，牛排不大，但至少不是合成的，再加上一些薯条，还有一小碗蔬菜沙拉端上来。

店里人很少，还是午餐时间，她匆匆吃完，赶紧结账。有点担心多坐一会儿都会收费，又感觉吃得没有那么尽兴，套餐就花掉 580 元，自己在园区食堂 20 天的午餐费瞬间清零。关键是咖啡还没喝上，现在可体会到魅海为什么压力这么大了。

老外也真能赚钱。也许是魅海的店铺租金太高了，只能加价给消费者，也可能是只做国内外旅游者的生意。

她想："还是自己在家做的牛排划算，楼下超市不到 60 元一斤的新鲜牛肉，能切好几大片，先用柠檬、胡椒粉、少许料酒腌制好，然后把黄油、牛排放入煎锅中，煎到五六分熟，美味至极，重点是还管够吃。"

2

出了西餐馆，走几步就看到一家咖啡馆，李影小姐急忙进去买了一大杯拿铁香草咖啡，因为这杯咖啡不喝总感觉不饱。

时间还来得及，她找到一个外边的位置坐下，正对着春申江，心想这杯咖啡还是挺值的。可以毫无遮挡地，甚至有点儿居高临下地欣赏着江对岸的景色，心情顿感舒畅。

正在欣赏江景时，一排茂盛的花草很是漂亮，吸引了李影小姐的注意力，草儿在风中摇动，好像在向她招手微笑，花儿在微风中摇曳着，像一个美丽的仙子。

李影小姐突然产生了某种灵感，好像想起来什么，掏出一份合同，在背面轻轻地写下：曼陀罗、亚热带、野花等字，她犹豫片刻，最终还是拿起电话……

3

三天过去了，李影小姐什么消息也没等到，但是也没有什么事情发生，也许这是最好的状态。

但是凶手可能不这么想。

晚上7点钟，突然接到老张的电话：

"魏总虽然前几天就已经出院了，已经回到工作岗位上，但是出于安全考虑，一直没有回公寓居住，过一会儿，他会回公寓一趟，顺便办点儿事情，然后会去你家当面道谢，你看方便不？"

"我方便，你们随时都可以过来。"

"好，大概十几分钟就到。"

李影小姐赶紧换了一件休闲灰色长裙，穿了一件紫色体形衫，展现出了舒适大方的气质。她酷爱紫色，因为紫色带有红色的柔和和蓝色的冷静。浅紫色同时还散发出青春的气息，尤其在晚上的黄色灯光照射下，更显女性的妩媚。

她又准备了几瓶矿泉水放在茶几上。几乎是刚准备就绪，就听到敲门声。

依次走进了老张、魏鹏，身后还跟着文书薇。令人意外又不意外，这些天应该是她和老张在照顾魏鹏吧。

"多谢学妹的及早发现，我才能得救，继续做实验，实在是太感谢了。"魏鹏双手抱拳，颇有感慨地说。

"哪里，是大家的功劳！"

"本来魏总是想请李小姐吃饭的，但是由于魏总近期身边发生的事情，需要严格做好安保工作，所以，我们目前只有在科技园区的食堂内吃饭，园区领导对这一事件也非常重视，让我们加强管理。"老张坦诚地说道，还好像是在自我检讨。

"理解。现在庆祝还不是时候，危险可能并没有解除。"李影小姐忧虑地说。

"嗯，暂时决定先不回公寓居住，公司给魏总单独腾出了一个房间，今天回来，也是来取些生活用品。"

老张又紧接着说："哦，还没有正式介绍，这位是文书薇，你们应该也认识，她在4楼居住，也顺便拿些东西回公司，小文已经正式调到我们公司当魏总的助理了。"

"哦，恭喜啊，文书薇！"李影小姐想，这机会把握得可真准啊。

"谢谢学姐！以后我们就是好邻居了，请多关照！"

"互相关照！"李影小姐赶紧点了点头。

"梦洁也是很可怜，虽然是她下的毒，但我一点儿也没有恨她的意思，只是感觉对不起王丽，那么无辜。"魏鹏有点儿忧伤地说道。

"魏总，不要太难过了，事情都已经发生了，大家都等着你呢，公司需要你，你要保重身体啊。"文书薇动情地说着，同时，那双纤细白净的手不停地抚摸着他的脸和肩膀，又神情自然地帮他整理了一下衣领。

魏鹏好像挺享受的……

"是啊，魏总，对死者表示哀悼的同时，我们都要向前看。"老张也连忙劝道。

"学妹！那我们今天就先告辞了，保持联络！"魏鹏点点头，再次表示感谢。

"好的！保重！"

送走三人后，李影小姐为魏鹏能恢复得这么快而感到高兴，望着魏鹏和文书薇的背影，她想："能幸福就好！"

不禁低声默读起辛弃疾的诗句：

"自昔佳人多薄命，对古来、一片伤心月。"

"哎，无尽无休、没完没了……"李影小姐突然想起了一串 ABAC 式成语。

第十八章　警官归来

1

在南下的火车车厢里，胡警官和另一位年轻的刑警巴小春正在窃窃私语。

原来几天前，李影小姐还是和胡警官说出了自己的疑问。看到她那执着的态度，再加上一些合理的怀疑，胡警官也和庞所长进行了汇报……

此行的第一站是粤省的香山。

根据当地派出所提供的详细地址，他们来到了一个偏僻的山村。

经过走访，当地村民还清晰地记得，两个男孩在失去父母后相依为命的情景。他们学习成绩都很好，一开始是村里人互相帮衬，送一些食物和基本生活用品。后来哥哥边打工，边上学，同时照顾弟弟。他们都很争气，先后考上了大学。现在生活条件好了，他们家后山那间房子还保留着原样，应该是想留下对父母的回忆和童年的记忆。

"他们的父母是怎么死的？"胡警官问道。

"嗯……母亲应该是有病，后期精神状态不是很好，最后好像是自杀而死的，父亲很悲伤，没过几年也死了。"村里的一位长者回忆道。

"唉，家里也没有什么亲戚。哥哥很少回来，在大城市好像当了医生。弟弟出国留学了，前两年好像有回来扫墓。和村里人几乎没有什么联系。"

胡警官和小巴警官在他们的老宅，一间很偏僻的房屋周围转了几圈，也没有发现什么异样。

他们又和派出所的罗毅警官了解当地种植曼陀罗的有关情况。

罗毅警官介绍道："其实曼陀罗在中国各省区都有分布。宝岛、闽、粤、桂、云等地都有野生曼陀罗的存在。可以生长于住宅旁、路边、田间、河岸、山坡、草地上。但是根据记载，曼陀罗全株都有毒，有镇静和麻醉的功能。对治疗心衰、心绞痛、高血压危急患者都有较好的疗效。"

"主要的有毒成分是莨菪碱。"小巴警官说道。

"对，曼陀水——就是以曼陀罗为毒品原植物制成的迷幻毒品。"

"嗯，如果是当成园艺观赏植物邮寄可以吗？"小巴警官问。

"最近，海关发现一个从澳洲入境的可疑包裹，X射线显像植物状，开包查验后，有几株带土的木本植物曼陀罗，也叫'天使的号角'，据称这是世界上最毒的花草之一，误食后就可能被天使带走，回归天堂。"

"嗯，从网上看过图片，这种花的花朵像一个巨大的号角，花冠呈漏斗状，非常美丽，还有特殊的香味，具有很高的观赏价值。有很多人养，当观赏花卉。"小巴警官兴奋地说。

"嗯，也很容易被当成秋葵而误食。"

"我搜过一些资料，据说华佗是第一个使用麻药给病人动手术的人，他用的麻药的主要成分就是'天使的号角'这种花。"

"嗯，国外有犯罪分子曾经从'天使的号角'中提取出东莨菪碱，给人用后，即使是一个健康的人，也完全不知道自己在做什么，任由犯罪分子摆布。"罗毅警官说。

"网上说'天使的号角'是让人变成僵尸的花。"

"曼陀罗的花语也是有讲究的，例如：黑色的曼陀罗是爱和复仇，紫色曼陀罗是恐怖，绿色曼陀罗是生生不息的希望，金色曼陀罗花是比较罕见的，得到它是幸福。"

"好奇特，花语和寓意成对立面的。"小巴警官说。

"是这样。由于是剧毒植物，种子含毒量最高，误食 3 粒就会有死亡危险。一般都是药厂种植，曼陀罗的种植和销售需要得到有关部门的批准才能进行，没有得到批准大面积种植的就算违法。一般在自己家里小面积种植不做销售贩卖用途的构不成犯罪。"罗毅警官边走边介绍道。

快下山时，他们一行三人遇到了一位面容慈祥的老人，小巴警官随即问道：

"老大爷！您自己家是否种植过曼陀罗？"

"你算问对人了！"

老人的话匣子像突然被打开一样，"其实，自己家种是可以的，方法挺简单的，可以直接播种，很快就会出苗，温度控制在15度左右，也可以育苗移栽，直接将种子撒在土壤表面，覆盖上薄土，半个多月就可以出苗。不过家里有小孩、孕妇、养宠物的千万注意不要误食。"

胡警官若有所思地说："从某种意义上说，只要有点儿常识的都还是可以在自己家种植的，并不是很难。只要不销售，也不算违法。那大面积种植需要哪些部门批准啊？"

罗毅警官回复道："会涉及烟草部门、农业委员会、公安部门的批准。"

"明白了，非常感谢！"

对整体情况有所了解后，胡警官和小巴警官为了节省经费和时间，匆忙告别了罗毅警官，决定早点儿离开香山，同一天赶到这次走访的第二个地点，香鹏。

2

P区是香鹏比较新的一个区域，距离市中心还有一定的距离。

在园区里，很快找到了哥哥所在的生物制品研究所，胡警官和小巴警官说明来意后，接待人员说：

"请稍等，教授几乎每天都睡在实验室里，已经着魔了，一般什么人都不见。"

在接待室等候期间，胡警官问陪同的工作人员：

"我们对这个领域不太懂，能否简单介绍一下教授的工作？"

"好，我叫小麻，那我简要地介绍一下我们的情况，生物技术制药主要分几大类。有重组DNA技术，包括基因工程技术和蛋白质工程技术制造的基因重组多肽、蛋白质类治疗剂；基因药物，例如基因治疗剂、基因疫苗等；还有是来自动物、植物和微生物的天然生物药物；最后一类是合成与部分合成的生物药物。"

胡警官打开笔记本记录着。

"我们实验室已经研发出了一些血液制品、诊断试剂，主要用于肿瘤、艾滋病、心脑血管疾病、代谢相关疾病和人自身免疫疾病等。教授一直从事着生物技术制药的研发工作。目前在P区和行业内有很高的知名度和影响力。"小麻自豪地介绍着。

这时，一位高大、身体结实，但略有点儿驼背、戴着黑框眼镜学者模样的人走进来。

"这就是我们的唐教授。"小麻赶紧介绍道。

胡警官怕打扰教授的工作，只是说是来自魅海的律师事务所，正在调查一个医疗公司相关的案子，也是唐教授的弟弟——唐律师所在的律所参与的案子，知道他的哥哥在这里，就顺便来拜访一下，正好有涉及药物方面的事需要请教。

"欢迎，我已经有一年多都没有见到弟弟了，前些时候，给我打过电话，让我做实验时不能太熬夜。"

只见唐教授的年龄在50岁上下，脸上带着一丝疲倦。胡警官看得出，他是常年熬夜的人。

"你们的感情这么好，唐律师为什么不在香鹏和您在一起？"

"原来我们是在一起的，但我很少回家，他也要出差，两人也是经常见不到面，后来听说魅海那边的同学多一些，美国的业务也多一些，他就去魅海了。"

"顺便问一下唐教授，您这边实验室能搞到曼陀罗的提取物吗？"

"曼陀罗提纯后的生物碱毒性极强。"

"对。"

"曼陀罗在呼吸系统疾病中有治疗作用，在心血管系统疾病、感染性休克、消化系统疾病中有杀菌作用。在医生手里可是用来救死扶伤的良药。"唐教授认真地说。

"对，但在犯罪分子手里可以是杀人的帮凶。"

"一般相关的实验室和研究人员或者指定的医生可以拿到，但这都会有严格的实验室管理流程的。"

"那也就是说，实验室不太会存在管理漏洞？"胡警官小心翼翼地询问着。

"嗯，是这样。我们的生物实验室管理得非常严格。病毒、细菌等微生物会对实验人员身体健康甚至生态环境产生影响。如果实验室出现泄漏事故，后果将是难以承担的……"

"明白了，谢谢唐教授给我们的帮助。"

"我就不奉陪了，还得回到我的小屋。有一句名言，忘记是谁说的了：科学家一经离开实验室，就变成战场上缴了械的战士。"他又以绝地武士式姿势用手心托起眼镜。

唐教授激情满满地说着，双脚已经朝着来时的方向大步地走去。

胡警官和小巴警官愣愣地站立着，目送着他的背影渐行渐远。

3

辞别唐教授后，他们都感觉有点儿饿，小巴警官突然兴奋地说："有传说，吃在香鹏，这边有好多名吃，光明乳鸽、窑鸡、公明烧鹅、烤沙井蚝、濑粉……"他一口气说了十几个菜名。

"还是年轻啊，抵不过美食的诱惑。"

两位警官正在街边纠结吃什么好的时候，突然接到庞所长打来的电话："你们调查得怎么样了？有什么进展？"

"有一些有价值的信息，但还没有什么重大发现。哥哥似乎并不太了解弟弟的生活。他忙于做科学实验。庞所长，我们今晚需要住在这里吗？"其实胡警官有点儿后悔问了最后一句。他原定计划是在街边小饭馆吃个晚饭，然后在附近找个小旅馆住下，整理一下笔记和思路。明天准备接着再继续深入走访。但是还是没能说出口。

"现在所里人手比较少，如果没有什么重大进展还是连夜赶回来吧，辛苦了！"

"好的，我们这就去火车站。"

胡警官心里在想着：真多嘴！要是不问那一句，我们也能在这住一宿，也能吃上一顿名吃，也算来过香鹏了，这下倒好，晚饭还没着落呢，就要奔火车站了。

小巴警官从胡警官手机的扩音器中听到庞所长那能指挥千军万马般浑厚、洪亮的声音后，呆呆地站在原地，半天没有反应。

突然，他以百米冲刺的速度，像抓犯罪嫌疑人似的，向一家餐饮店跑去，一会儿工夫，他手里多了一袋东西，又以同样的速度跑回来。

二人急忙招呼出租车朝火车站方向赶去。在车里，小巴警官才长长地喘了一口气，拿出"战利品"说道："这是有名的葱油饼，也算是吃上香鹏的美食了！"说着就给胡警官递过去一张，自己也拿出一张，大口大口地吃着。

司机从后视镜里面看到这情景，嘴巴也不自觉地跟着动起来，忍不住地说："看来你们二位饿够呛啊！有这么好吃吗？搞得我都想吃了。"

4

他们乘夜班火车踏上归途。

胡警官夜里翻来覆去地睡不着，可能是多年没有乘火车的缘故，更不可思议的是还做梦，好像有人掉到一座山的下面，向他求救，他拼命地跑，就是跑不到。

感觉全身都在使劲，很痛苦，突然醒来，环顾四周，发现是在做梦不是真的发生，全身又渐渐地恢复了轻松。很快又进入了梦乡，他梦到好像是王丽，还有武梦洁，一会儿哭，一会儿笑，问他为什么没有及时赶来救她们。

这时他被火车里的广播惊醒，看到小巴警官正坐在对面啃面包，吃方便面，这才回过神来，一切都是在做梦，感觉好多了，也顺手拿起一块面包吃起来。

"老胡，其实我一直都想问你一件事……"小巴警官一只手托着腮帮子。

"好啊。"

"你从部队下来时已是连长了，当户籍员都有二十多年了，就没想着调动一下……"

"我算啥啊，和我一起下来的还有营长、团长呢……"

"听说庞所长也是部队下来的？"

"对啊。"

"那你就没想过当个领导啥的……"

"都想当领导，那基层工作谁干啊，谁承担啊，庞大系统需要各个层级的人员共同协作。

"嗯，有道理。"小巴警官黑色的浓眉紧紧地皱在一起。

"你有啥想法？想当领导了？"

"不敢。刚出校门的我，只想破案。"

在距离终点站还有几分钟的时候，突然再一次接到庞所长的电话：

"你们现在到哪里了？"

"我们马上就要到站了，下车立刻回所里汇报。"

"那你们直接去现场吧，刑警大队周中队长已经出发了。"

"什么现场？"

"是科技园区报的警，魏鹏又昏迷了，好像又被下毒了。"

"啊！怎么会？"胡警官大吃一惊。"我们马上赶往高新科技园区。"

车厢门刚一打开，他们就冲了出来。

两人一路小跑，这时才感到大都市的火车站真大，拐了好几个弯，再冲出排着长长队伍等待出租车的人群，抢着先上了辆车，只听到身后"唏嘘"声一片，屁股还没坐稳，司机说了一句，"距离太近的不拉啊，赔钱！"

小巴警官赶紧和司机小声嘀咕几句，出租车向科技园区方向疾驰而去。

第十九章　一盒茶

1

早上7点30分，魏鹏从楼下实验室回到了办公室，准备洗漱后吃早餐。

"魏总早上好！早餐来了，你还是趁热吃了吧。"

此时，文书薇把从园区小食堂打包的几个饭盒，放到一个专门用于吃饭喝茶的桌子上，一一打开饭盒盖，准备好筷子和饭勺。

"好的，谢谢！马上就来！"魏鹏从一个书架的后面，拿着一本书走过来。

"你先用餐，我先把办公室整理一下。"

"好的，辛苦你了，书薇。"

"嗯，没事，"她羞答答地说。

10分钟后，只听到魏鹏说：

"今天的早餐真好吃，亲爱的书薇，能否帮我沏壶茶？我要准备一下上午的会议。"

"好的！茶壶我找到了，茶叶在哪里？"

"在皮箱里。"

"好的，已经找到了，稍等片刻。"

一会儿工夫，她用一个木制托盘，端着沏好的茶，从茶水间走过来。

"你也坐下来喝一杯吧。"

"我不行，早上不能喝茶，会吐的。还是你慢慢地享用吧。我得赶紧收拾一下餐具，还要准备一下会议发言稿和文件，估计一会儿就开始忙了。"

"好吧，你去忙吧，临走前，别忘了给我一个大大的拥抱哦。"魏鹏一边喝着茶，一边说道，同时还在翻看着那本厚厚的书。

文书薇走过来，他一把拉住她的手，不停地亲吻着。

"你要乖乖看书哦，八点半，我再过来，给你送文件。"她的另一只手不停地抚摸着他的耳朵。

他恋恋不舍地松开了她的手。

2

半个小时后，文书薇拿着刚打印好的文件走进来，刚走到门外，就听到里面发出了几声哭声，接着又好像是笑声，把她吓了一跳。

她赶紧跑进屋内，发现魏鹏躺在书桌旁的地板上，意识模糊，头很热，他想说什么，但嗓子又发不出声音。

她赶紧拨打了120。这时老张赶到，担心是食物中毒，可能还会有其他受害者，赶紧报告给了C区管委会，园区管委会马上采取了应急措施。

现场两名救护人员穿着防护服，佩戴呼吸器、防护手套，对魏鹏进行了现场救治。同时对他的血液、尿、呕吐物也进行了采集。

一组调查和采样人员进入魏鹏办公室对文书薇和老张进行了询问，详细了解可疑有毒食品的来源，将魏鹏吃的剩饭、喝的茶、茶叶等可疑中毒食品样品送实验室分析。对现场调查资料做了记录，受调查的文书薇和老张都签了字，还现场拍照录音了。

另一组调查和采样人员对园区的小食堂工作人员也进行了调查和询问。详细了解魏鹏吃过的食物的加工和制作流程，分析存在危害的可能性。检查食品原料、加工方法和储存情况，现场周围环境和生活习惯的调查，还采集了可疑有毒食品样品送实验室分析。

此时，整个C区都笼罩在紧张的气氛中，主要是害怕实验室出问题，各家公司也都行动起来，仔细清点实验动物，再对研究员们的身体状况进行调查。

不一会儿接到报告，说有一家公司的实验室丢失一只鸽子。

园区一位负责安全的男领导突然想到美国曾经发生的一所大学疫苗实验中感染病毒的牛被送到了屠宰场，后来肉被卖给平民食用的报道，因此联想着这只鸽子被宰杀吃掉的画面而当场晕倒。

几个人七手八脚围上来，掐人中、掐虎口，忙乎一会儿人总算是醒了过来。这时又有人进来报告，说鸽子找到了，是新来的实习生把数目记错了，一场虚惊。

最后排除了公司有毒有害化学物质中毒的可能性。确定只有魏鹏一个人有中毒症状，园区其他员工并没有身体不适的情况。但园区还是采取了积极措施，对小食堂部分生产原料、设备、工具和魏鹏的办公室进行了封锁。

核心科研团队的实验员和指定实验室虽然没有受到影响，可以正常做实验，但严格检查人员的进出。

魏鹏被直接送到指定的专门医院，检查结果还是曼陀罗中毒，由于抢救及时，不到两个小时，魏鹏就醒过来了。

经过对他本人的询问和核实，最后确定魏鹏事发前应该是在自己的办公室喝茶，给他沏茶的正是他的新助理文书薇。

她已经暂时停止了工作，配合调查。

最后检验结果显示茶壶和茶杯里面都含有曼陀罗，同样那盒白茶里含有大量的曼陀罗，但是都没有达到可以致死的量，可能会造成昏迷、恶心、呕吐，中枢神经症状会表现为烦躁、幻听、头痛、头晕……

魏鹏虽然没有生命危险，但已经是第二次中毒，身体尚在恢复中，没有对他进行详细询问。

但是通过从老张那了解的情况分析，这盒茶来自魏鹏的公寓，就是那天回公寓，打包拿回来的物品中的一件。

具体这盒茶是从哪里来的，老张也说不清楚。

3

由于可能涉嫌投毒，警方又启动了案件的侦查工作，对公寓 308 号房进行了封锁，重新搜查。

现场检查出好几个还没有来得及扔掉的快递包装，并对每一个网上购物的订单的详情和商品的来龙去脉展开调查。

经过大量的筛查，最后发现这盒白茶的发货地址是假的，这家店并没有给这个地址发出过任何货物。

这盒白茶是从哪里来的？

案件陷入了僵局，负责监控的小组重新调取小区的监控录像，有好几百个视频，同时走访和询问各个公司的快递员，到目前为止，没有快递员知道是谁送的这个快递包裹。

对公寓里的住户又开始了新一轮的走访。警察选择走访的时间正好是周六早上 9 点。

李影小姐故意在楼上和楼下来回走动，就是想听听大家的走访情况。

在四楼，她正好碰到了文书薇。

"在公司的时候，我已经被调查过了，早餐是我从园区食堂打包回来的，吃好早饭后，魏总在参加会议前，让我沏了杯茶，茶叶就是那天从他家里取回来的那一盒，具体是什么茶，我也不太清楚，魏总之前的习惯不是太了解，听老张说，偶尔会喝点儿黑咖啡。能说的都和现场调查人员说了。目前，我被停止工作配合调查，在家休息，等通知。魏总还在医院，身体在恢复中，护理都是由专业人员进行的，也暂时不让探视。唉，伤不起。"她好像受到很大打击，闷闷不乐地说道。

"是这样啊！"李影小姐感到无奈。

文书薇接着又说道："怎么会发生这样的事？我是一点儿都想不明白。哎呀！真沮丧，但愿魏总能早日康复，不然，我还真的说不清楚了。"

"哦，不用太难过，事情肯定能调查清楚的，顺便问一下，你是从哪个国家留学回来的啊？"

"瑞典。"

"哦，都会好起来的，有事可以下楼找我。"

"谢谢学姐！我会振作起来的！"

四楼的住户除了文书薇以外，其他人对事件也不了解，基本都说："不知道，没看见什么茶的包裹和可疑的人，只知道上次我们都有帮忙敲 308 的房门，不是说已经救过来了吗？怎么又中毒了？"

住户们都感到很茫然。

这时，李影小姐隐隐约约听到一位板寸头警官在向一位穿着便装的警察请示："据一位邻居反映，405 房间内有摔东西的声音，应该有人，敲门又不开，像故意躲避我们，有点儿可疑，问过其他邻居，好像住着一位大学老师，已经好几天没有看到他出门了。"

"赶紧联系物业和居委会过来，了解一下情况。"便衣警察安排着。

"好的，我马上去联系。"板寸头警官回应着。

李影小姐快要下楼时，听到拐弯处两位年轻人的对话。"真见鬼，怎么又出事了，这次还很大，来的是真警察，来势汹汹的，有挖地三尺的感觉。"穿着一身蓝色运动服的青年小温说。

"我得赶紧联系房东，马上搬走，本来和房东签的合同是住到年末的，这每天提心吊胆的。"戴眼镜的青年小党说。

李影小姐被弄得哭笑不得，心想，"啥时候还来过假警察。"

她从四楼的旋转楼梯下来，经过老付家，只见房门大开，还好狗没在门口张望，好像在阳台上睡觉呢。

乔森律师家的大门紧闭。

颜小玉和沈浩，正在接受小巴警官和一位身形单薄的瘦警官的走访。

"是的，我家每天都收很多快递，308 也会收很多快递，但是具体是哪一位快递员送的，还真没有注意，来我家的，至少有五个快递员，我基本都认识，但最近还有一个女的，三十几岁，不知道是哪家快递公司的。"小巴警官认真地记录着。

李影小姐又走到赵女士家附近，听到屋内传来："她家快递蛮多的，基本都是酒。王丽死后快递也会天天来，我们也不敢碰，谁敢打开死人的东西。茶的快递怎么会知道？"

"最近给她家送快递的人大概长相有印象吗？"一位发丝整齐地分向两边的分头警官问道。

"每天快递员基本都是一样的脸，真的不记得了。最近到过她家的人那可太多了，这个楼的人基本都会去看一眼，出了这么大的事情。要不是我们大家齐心协力地救治，也许上一次，那个男的就死了，现在倒怀疑上我们了。"

"不是怀疑，是走访，了解情况。"

"哎，都一样！"

"还是不一样的！据说你和她家有点儿矛盾？"

"侬什么意思啊？不是已经结案了吗？那女的是另一个女的杀的，不是有案情通报吗？我跟男的又没有什么仇恨，怎么会害他呢？"

"你家好像还有一个人居住？"

"对啊，是我男朋友，他回家了。"

"他知道什么情况？"

"他什么也不知道，每天就知道吃和睡。被我赶回家了。"

"他的联系方式，能否给我们？"

"好啊！顺便也转告他，有本事一辈子不要回来，就说我说的！"赵女士烦躁地撩了一下头发，气哼哼地自言自语。

"好的，今天就到这儿，想起什么情况请拨打这个电话。"

分头警官离开后，只听赵女士说："造孽了，我怎么这么倒霉和他们住邻居，死了都不肯放过我。"

李影小姐又一溜烟儿地跑回到方小姐家附近。

"我们这些天都没出过屋，真的不知道是谁送快递到308，"欧阳先生很无辜地说。

"这么忙啊？"小巴警官问。

"是的了。"

"什么工作这么忙？"

"在电脑上工作。"

"你也经常出差吗？"

"是的了。"

"经常去闽省？"

"是的了！"

"为什么？"

"是的了，哦，不好意思说错话了，因为回宝岛，我会从鼓浪都走，所以会到那儿周边逛逛。"

"最近去过没？"

"我刚从那边回来。"

"你喜欢喝白茶吗？"

"普洱、白茶、乌龙茶都喜欢了。"

"你家里现在有白茶没？"

"应该有的了，我老家也是闽，所以我喜欢喝茶。"

"能否拿给我们看看？"

隐约听到欧阳先生似乎在屋内找茶，不一会儿好像拿了很
多盒出来。

"这盒白茶能否先借给我们用用？"小巴警官用平缓的语
调问。

"可以，都拿去吧，送给你们了。"

"我们会还给你们的。"

方小姐使劲地瞄了他一眼，"就你多事。"

"做人就是要实事求是，不是吗？也没什么好隐瞒的啦。"
欧阳先生突然声音还变高音了，平时都是小声说话。方小姐的
声音倒是变低了很多。

小巴警官离开后，屋内立刻发出争吵的声音。

"但愿你没有骗我，最近你的言谈举止都很奇怪。"方小
姐盯着他说。

"怎么奇怪了？"

"你不光是话很多，行为也怪怪的。"

"警察厉害，早晚都能调查出来，还不如早点都说出来。"

"你不光是在外面拈花惹草这么简单，我现在看你哪都别扭。"

"你的猜疑心太重了，想那么多干吗？"

"全楼上下，有谁家的东西会被警察拿走，除了你！说明警察已经盯上你了。"

"他们说是临时借的了，还会还回来的。"

"你太天真了！你现在就赶快交代。"

"我交代什么？"

"你的指纹已经被采集了。"

"我的指纹？"

"对，刚才的白茶盒上面，他们就是来采集你的指纹的！"

"采就采呗，那也是没有办法的事情。反正也没做什么亏心事，不怕鬼敲门。"

"你还有作案时间，更有作案动机。"

"我有什么作案动机？"

"你从哪里来的，自己不知道啊。"

只见方小姐抹着眼泪说："我的命怎么这么苦啊，找个人福一天没享受到，现在还弄不好是个宝岛特务。"

"你别乱说话，本来不是，被你说成是了，现在的消息传得可快了。"

"看来你是怕了。"

"不是怕！"

"反正我先正告你，如果你干了什么坏事情，不用等警察来抓你，我先把你解决掉！"

"能死在美女的刀下，我这辈子也算值了！亲爱的，别生气了！抱一抱，生气会变老的。现在，你的脸上都出现了一条很深的皱纹。"

"都是被你气的！"

"一会儿去繁华大道逛逛了，再给你买个包包啦！"

"嗯，这还差不多。"方小姐好像立刻有了精神头，破涕为笑。

4

这时，听到楼上有些骚动，声音很大，大家纷纷出门奔到楼上。

看到405门前已经聚集了一些人，邢队长和保安小陈，还有居委会柏阿姨都在门外。

柏阿姨最近挺忙的，街区好多事都得她亲自去处理。因为新成立的业委会前不久解散了，据说5位成员被气走4个，剩下的那一位还说要搬家。

只见柏阿姨劝说道："张老师，有什么困难就跟我们说，再大的事情，我们齐心协力也能解决掉，千万不要想不开啊！"

屋内一点儿回应都没有。

"张老师，先把门打开，有什么话可以先和我说，我可以保密。"柏阿姨补充道。

这时 405 的隔壁邻居，一位身材适中、三十多岁的短发姑娘走出来，脸上带着甜美的微笑，笑时还露出深深的酒窝，皮肤不是很光滑，还有点儿黑，不是非常漂亮。在李影小姐看来，甚至还有点儿"丑小鸭"的感觉。但是她自信、清爽、干练，穿着一件白色衬衫，一条蓝白相间的丝绸围巾系在胸前，下身穿一条黑色瘦腿裤，脚上穿了一双蓝色半高跟皮鞋，应该是一位职业女性。

李影小姐突然想起，颜小玉提起的那位财经频道主持人，应该是她，没有看过她主持的节目，可能是和股票相关吧。

"张老师！是我呀，陈一依，你把门打开，我去芙蓉都出差回来还给你带来点儿特产，有一本书也要还给你，有些问题还需要和你探讨，下期节目有可能用到。"陈一依嗲嗲地说。

此时，大家都屏住呼吸，试图靠近大门，想听听里面的动静，寸头警官也示意大家保持安静。

屋内突然变得静悄悄的，一点儿动静都没有。

时间过去好几分钟了，大家突然都有点儿担心起来，怕有什么意外，同时看向那位便衣警察。他临时召集了邢队长和柏阿姨，还有寸头警官，"再等 5 分钟，必要时可以采取紧急措施，防止张老师有生命危险。"

正要采取行动时，房门突然打开了，张老师从里面走出来，只见他头发凌乱，表情沉重，眼睛里布满血丝，精神状态很差。穿着一件白色衬衫，更凸显出他的憔悴，搭配着一条褪色的蓝色牛仔裤，一双运动鞋显得有些落寞。

看着他完好无损地走出来，大家都鼓起掌来。

经过了解，事情的原委是这样的：

张老师是魅海大学教经济学的老师，上周六，正在家里备课，突然收到一条陌生的手机短信：

你好张老师：

我家突然出了点儿事，我的父亲今天一大早心脏病犯了，紧急送到医院抢救，需要动手术，急需5万块钱，亲戚家里条件都不太好，没好意思张口，能否帮助我临时应急一下。表示感谢！

关于你的副教授职称评定的具体问题，请周一上午9点，到我办公室来谈。

刘大壮

刘大壮是经济系的系主任，自己也确实在几个月前提交了评选副教授需要的全部资料，但是一点儿动静都没有，感觉这次又没希望了。

自己都 37 岁了，还是个讲师，再升不上更高一级，就得走人了，讲课讲得好也没用，同龄的人都竞争教授了。他心里很着急。看到这条短信，在自己已经放弃的时候，好像又出现了转机。

正在犹豫该怎么办的时候，突然电话又响了。

"你好张老师！希望这次能帮帮我，应个急，很快就会还给你的。如果可以，马上把家人的银行账号发给你。别忘了，周一上午 9 点来我的办公室。"刘主任临挂电话时还嘱咐着。

"好的，没问题，刘主任，我马上就给你转过去。"

张老师心想，刘主任是教授级别，基本工资就已经很高了，外加讲课费和各种补贴，一个月下来都不止几万，还差自己这点儿钱，和我借，那是对我的信任。退一万步讲，即使不还给我，如果把我的副教授职称搞定，也是值得的！

张老师挂断电话后，一点儿都没犹豫，立刻按照刘主任发来的银行账号汇了 5 万元。之后就耐心等待周一和刘主任见面。

周一早上 9 点钟，张老师穿戴整齐地去了刘主任的办公室。

"你好张老师！快请坐！"刘主任热情地接待了他，还特意给他沏上一杯龙井茶。

"张老师在教学上有什么需求？或者遇到什么困难尽管说，我能解决的都会尽力去办。"接着刘主任就等着张老师开口。

"目前教学上还好!"他想直接问职称上的事,又怕太唐突,问钱是否收到又觉得太俗气,不好开口。

"哦,您父亲的身体还好吗?"犹豫半天,突然冒出了一句。

"哦?哦!我爸身体可好了,比我都壮实,精神头十足,每天早晨去公园晨练,这个时间段估计在家写书法呢。"

"那……刘主任!您周六给我打过电话没?"

"周六?没有啊,我手机里面应该没有保存太多老师的电话,系里老师的联系方式,我这里有一份复印件可以随时查阅,也有电子版的……"

"哦,那……可能是我搞错了,实在不好意思。"张老师已经有点儿不知所措。

"张老师,你是为了评副教授的事情来的吧?这个事你也不要太着急,今年报名的老师太多了,只有50%的名额,你也不要气馁,明年继续努力,不要有负担,影响教学。"

只见刘主任拿起茶杯,慢慢地将茶水送入口中,好像在感受茶香在口腔中的溢散。

"一定还要在学术水平上有更大的提高,要多发表几篇高水平的论文。在教学上也一定要开动脑筋,设计一些精品课,赢得学生的好评。别忘了在学术服务方面也要有所成绩,多和社会接触,参加一些学术会议。这些都有进一步提高后,副教授职称的希望还是很大的。"

刘主任说的这段话和在开会时的发言几乎一模一样，就像提前背诵好的。

只见张老师的脸一会儿红，一会儿白，恨不得有个地缝，一头钻进去。

他不知道自己是怎么从刘主任办公室出来的，大脑一片空白。想哭但根本哭不出来，相反，有时候他会突然笑一下，笑自己是傻瓜，是笨蛋，只想赶紧回家躲藏起来。

但是，自己还清醒地知道，下午1点有一堂大课需要上。

"我有一个重要的学术会议要参加，课后不能及时回答同学们的问题，请大家发邮件给我，我会回复的。"课程终于结束了，他害怕学生们一股脑地围上来问问题。

"好吧，太遗憾了！"只听到讲台下面，有的同学在喊。

他不顾这些，冲出大教室，骑上自行车，飞快地往公寓奔，在校园里，有几个同学还和他打招呼：

"张老师好！张老师慢点骑！"

此时学生的问候，在他看来都是对他的嘲笑！

他感觉，碰到的学生都在起哄，嘲笑他。他只是机械地飞快地骑着……

西装外套掉了全然不知。

从那天开始，张老师回到公寓后就再也没有出来过。

他除了心疼5万块钱，更多的是自责，他痛恨自己，为什么这么笨？智商这么低？这么低级的骗术都没有识破，还有什么脸去教学生，会被学生取笑。

更伤心的是他又想起自己在加拿大求学，遭遇学院倒闭，费尽周折，重新申请到美国读书的经历，百感交集。背井离乡，一个人来到魅海，国内的同学都已经成家立业，而自己还是单身一人，教授职称更是遥遥无期。

他又想如果被解聘，去应聘小学教师都不够格，专业不对口。去报考公务员，报名都有年龄限制，等自己准备好了，年龄也超了。他越想越难过，感觉谁都对不起。

他尽力控制着自己的情绪和行为，不让自己抑郁，发疯……

大家知道张老师的事情后，都对电信诈骗深恶痛疾。

这时又有另外两名警察来到公寓，对张老师的报警进行处理。又对公寓住户进行了现场反电信诈骗的宣传：接到诈骗电话或者被骗后要赶紧拨打报警电话，公安机关可以帮助被害人快速地对涉案账户进行支付冻结。嘱咐大家不要删除与诈骗分子的聊天记录和转账记录，这些证据都是侦破案件的重要线索。

住户们看见张老师如实讲清楚整个被骗的过程后，好像释怀了不少，心情也平复了很多。他还主动问陈一依：

"你真的给我从芙蓉都带回了礼品？"

"是真的！"陈一依赶紧回家取了一些包装食品来，递给张老师。他开心得不得了，脸上立刻泛起了红晕。

其实好几位眼尖的住户都看得很清楚，陈一依拿来的都是魅海产的一些食品，有的还是在楼下超市买的。

"还是美女管用啊，看见美女，5万块好像都找回来了。"小温不可思议地说。

"要是我就好了，我也愿意。"小党嫉妒地说。

"你肯定没戏！你能立刻拿出5万块钱吗？骗子都不会理你，"小温不假思索地回了一句。

"现在拿不出，不代表以后拿不出。"

"得了，想想就行了，还是准备明天继续搬砖吧。"小温没好气地瞥了小党一眼。

其他邻居也都从家里给他送来了蔬菜、水果、食品，张老师深受感动，精神好了很多。

人们也开始陆续散去，好像忘记了刚才的紧张气氛。

5

李影小姐看到这情景也是松了一口气，心想，胡警官上门发的反诈骗宣传单应该还没有扔掉，还是很有用的，一会儿回家得仔细看看。

李影小姐正要转身，突然身后传来声音：

"请等一下，你已经楼上楼下转悠半天了，正好有事情需要核实。"

她回过头一看，只见一位中等身材，身穿黑色皮夹克，年龄30多岁，很瘦，但很结实，小眼睛的人冲着她说话，就是刚才那位在现场指挥的便衣警察，一看就是位善于观察、冷静、不好对付的人。尤其是他的双眼很有神，但也可叫"贼溜溜"的，好像总在观察人和周边的情况。

"好啊，请进来。"她快速地打开房门，这时他和小巴警官也紧跟着走过来。

"直接进来吧，不用换鞋。"

他们还是套上了鞋套，入座后，她递上两瓶矿泉水，"不要客气，先喝点水吧。"

"谢谢。"

"请问贵姓？"李影小姐先问道。

"我姓周。"

"这是我们周中队长。"小巴警官连忙介绍道。

"我们想了解一下你是否注意到，近期有谁把快递放到308门口的。"周中队长语速很快。

"那一定是凶手放的！"

"哦？"周中队长瞄了她一眼。

"确切地说是杀害王丽的凶手放的。"李影小姐很直接。

"你是说魏鹏的女朋友，不是那个前女友武梦洁杀害的吗？案情都已经公布了。"周中队长问道。

"那可未必，这正是凶手所期望的结果。"

"武梦洁是自杀，法医尸体检验得出的结论。"

"这点不怀疑，但是为什么？是谁刺激她的？"李影小姐连续发问。

"哦？那你认为是谁刺激她的？"

"他弟弟！可能是他弟弟刺激她的！"

"弟弟？什么弟弟？"周中队长面无表情地问道。

"谁是 Frank？"

"什么 F……K？"周中队长有点儿大舌头，发音不清。

"是 Frank，弗兰克。武梦洁之前告诉我，她弟弟在她生病期间照顾她，但是到现在还没有查到这个人。"

"这个人很重要吗？"

"当然了！"

"武梦洁死前你见过她？"

"在她死前的一个星期见过。"

"你和她很熟吗？"

"不熟。但熟悉柳二嫂。"

"柳二嫂？谁又是柳二嫂？"周中队长不解地问。

"对！柳二嫂在吃药或犯病时，总是出现在谋杀现场，被大家认为是在她失去意识的时候杀了人，实际不是，是她的丈夫柳小二为得到财产干的。"

周中队长摇摇头，无奈地说："好！按照你的思路，武梦洁的丈夫是谁？她没有结婚，个人也没有什么财产。"

"所以要找她的弟弟，或者弗兰克。"

"那你能告诉我她弟弟或者弗兰克在哪里吗？"

"现在还不能，不过快了。胡警官今天来公寓了吗？我有他几天前发过来的短信：'我们领导非常重视你提供的线索，已经很快安排核实情况。'"

她找出了这条手机短信，"我想知道你们核实的结果。"

"哦，你是说香山和香鹏啊，我们已经去过了。"正在记录的小巴警官抬起头说。

周中队长狠狠地瞪了小巴警官一眼。小巴警官立刻闭上了嘴。

"今天就到这儿，有情况请拨打这个电话。"周中队长递给她一张纸片，上面写有一个号码，看来他很不耐烦地想快点儿结束这次走访。

"好的。再见！"李影小姐接过纸片。

"不过……关于包裹，在王丽家门口最后一次见到包裹是在王丽'头七'的那一天！以后再也没有了。"李影小姐不紧不慢地说道。

"哦？"周中队长突然停止了脚步，转身看着她。

"也就是说，投毒的人已经算好了，魏鹏那天一定会回到公寓。"

"接着说。"

"你们最后检查出来的曼陀罗是在可乐瓶里面，但是可乐恰好是武梦洁带来的，而且魏鹏也喝了可乐。武梦洁也认为魏鹏是喝了她拿来的这瓶可乐而死的，至少她当时认为魏鹏已经没有希望救活了，因为封锁消息的缘故，大家都认为凶多吉少。可是，你们没有觉得很奇怪吗？魏鹏第一次中毒时很严重，说明他喝下的毒很多，但是第二次茶里的毒量并不是很大，他很快就被抢救过来，当然也和这一次的对症下药有关。"李影小姐很淡定地分析着。

"你认为，魏鹏在公寓中了两次毒，但他清洁了茶具，我们现场只拿了他用过的可乐瓶和杯子化验，遗漏了茶具。且魏鹏本人也认为他是喝了可乐中毒的。"

"应该是。那也说明，凶手并没有想置魏鹏于死地，就是想下毒给他，为什么？是要干扰什么？干扰魏鹏？"李影小姐直截了当地说。

"为什么？"周中队长若有所思。

"也许和他有什么仇恨或者工作及家庭背景有关。"李影小姐用敏锐的目光看着周中队长。

"哦！今天就到这里，很感谢你提供的线索。"

走出李影小姐家，小巴警官迫不及待地说："她好聪明啊！还这么年轻，看着跟我一边大，我怎么这么笨啊？"

"哼！自作聪明！这样的人很多，看几部侦探小说和电影就能当侦探破案了？毛丫头还指导我们刑警办案了。不过她的思路还是合乎逻辑的，是位热心市民！最多算是'朝阳群众'，不过有一点她说对了。"

"哪一条？"小巴警官很期待地问。

"你是挺笨的！"

"收队！"随后，周中队长一声令下。

"是！中队长！"小巴警官傻笑着来了个立正。露出了半颗牙，另一半在昨晚执行任务中被打掉了，还没来得及补上。

一会儿，几位警察先后离开公寓……

第二十章　同胞兄弟

1

一辆奔驰车在通往香鹏的高速公路上奔驰着，他想快快见到亲爱的哥哥，因为预感到时间可能不多了。

离开香鹏已经快一年了，他太担心哥哥的身体了，有时在想，如果自己不存在，哥哥就不会一边上学，一边打工给自己挣学费，他的身体就会更健壮高大。现在虽然不缺钱了，但是哥哥的身体也累垮了，都是自己的错。想帮哥哥的忙，但也没有办到，自己真的是没用！

想到这儿，他极力地控制着自己的情绪，控制着方向盘，保持平稳，他在观察前方是否有应急车道。

不一会儿，他看到前方 50 米的地方就是高速紧急停车道，他犹豫了一下，但还是选择在紧急停车道上，把车停了下来，同时按下了双闪灯。他拿出手提包，翻出几盒药，吃了下去……

他小时候并没有表现出和其他孩子有什么不同，只是物理、数学分数相对有点儿低。性格偏内向，不善言辞，虽然不是很合群，但也不孤僻。高中顺利毕业，综合成绩挺好，在哥哥的帮助下，直接申请了美国的大学，他当时的托福成绩在100分以上，指定的考试成绩也达标了，还获得部分奖学金。

在大学的前几年里，他表现得还是很优秀的，着装也还算得体、整洁，面部表情也不算太僵硬，时不时还能露出个微笑。本科也顺利完成，接下来进入法学院学习。

在他24岁那年，具体从哪一天开始的，已经不记得了。他的思想突然夸张起来，天马行空，把一件小事无限放大。在图书馆发呆，一坐就是几个小时，好几次都是坐到半夜，不吃不喝，和同班同学小明畅谈人生，憧憬着不存在的事情。

他不能把幻想与现实分开，甚至达到妄想的程度。后来，这种行为发展到上课经常迟到。课堂上，在众目睽睽之下，他突然闯入课堂，还表情冷漠。有时冲着小明诡异地笑，还说着一些莫名其妙的话。这在以前简直是难以想象的，他一直都是规规矩矩的好学生。几次过后，同学和老师终于忍无可忍，认为他实在是不可理喻，简直傲慢无礼。开始说他古怪，像幽灵一样，关键还长着一张东方的脸，来自遥远陌生的国度。

接下来，他被强制送进了学校附近的一家精神病院检查，确诊为妄想型精神分裂症。庆幸的是，他的症状还算轻微。专家普遍认为，这种病一般在青春期到中年早期容易发作，也就是16-35岁之间。这个阶段人所经历的生活比较丰富，容易导致情绪波动和心境变化，诱发了疾病。但并不是所有人都在这个阶段发病，有个体差异。有些患者一生中可能只有一两次发作，发作时间也许是几个星期、几个月，甚至数年。

他的问题是幻想出了一个人物。

第一个出现的就是小明。一位来自国内的同学，他们一起上课，一起在图书馆学习，还会去超市购物。实际上这个同学根本不存在，那一届学法律的，没有第二个来自大陆的学生。可能小明的出现填补了他在异国他乡的寂寞，分担了他的困惑，在任何他需要的时候，都会马上出现在他的身边。

治疗后，他的病情得到了控制，身体也在逐步恢复，小明出现的次数也在减少，由于病情比较轻微，对发生的事情还有一些模糊的记忆。他又重返校园，完成了法学院的课程，参与了实习、研究和学术活动，准备律师的执业考试。

休息了二十几分钟，他又驾车前行，开往香鹏方向。

车子直接开到 P 区内的一个大楼前，眼前占地几千米的办公楼和实验室大楼，都是哥哥参与创建的，一种自豪感油然而生。

回想创业初期，只有哥哥和几个刚毕业的大学生，在坚持着这项事业，没有人看好他们，认为是浪费时间。在取得一些成绩后，哥哥去了美国留学深造。毕业后立即回了国，继续着他的研究事业。

为了热爱的事业，实际只有 50 岁的哥哥，看上去像 60 岁，至今还没有成家。现在正在研制新的产品，如果顺利，就可以首先在国内成功注册！他感到欣慰，如果在国内抢先注册，那将载入史册。

为了哥哥的目标，他能拖延一天是一天！他认为这是报答哥哥养育和培养之恩的唯一方式。

他的这些想法得到了他的上司，Peter——彼得的支持，还帮助他制订了一系列实施计划。

来到接待室，哥哥穿着崭新的白大褂，头发还是那样蓬乱，只是稍微有点儿倦意，但精神抖擞地走过来，估计又工作了一个通宵，两人紧紧地拥抱在一起。

"好久不见，哥哥还好吗？"

"我很好，我只要在实验室里面就好！你怎么样？感觉也越来越精神了。"

"我还行。每天忙忙碌碌的，但没有哥哥的事业伟大，都是一些鸡毛蒜皮的小事。"

"不能这么说，大家都在做着对社会有意义的事情，只是分工不同。有没有女朋友啊？"

"都没想过。还是哥哥要快点成家，生活好有个照应。"

"我整天在实验室里面，谁愿意跟我啊。"

"肯定会有很多女孩子崇拜你的。"

"电影中的逛街、度假美好场景，现实中难有。"

"那就在所里找一位了解你的，一个实验室的也行。"

"也挺好啊，两人一起做实验，有人晕倒了，还能第一时间发现，我会考虑的。不过弟弟你的婚姻大事，恐怕哥哥帮不上什么忙，在国外找一个，哥哥也不反对，完全由你个人决定。"

"我独身主义，魅海这样的人可多了，没有这方面的压力。公寓里就好几位，有一位李影小姐可漂亮了，是我喜欢的类型，智慧、善解人意、气质非凡，有时感觉她能看透人心。"

"那你可以试试去追求。"

"不，只能在心中欣赏，远远地看着。感觉她不太相信爱情，不相信男人。不说她了，要让哥哥吃到最好的餐厅，知道你每天都在园区里面吃盒饭。"

"还是去园区的餐厅吧，吃的实惠还安全。太高大上的，我实在吃不来，还浪费时间。"

"好吧，就听哥哥的。"

兄弟两人悠闲地走向餐厅。

"哦，我想起来了，前几天有你的合作伙伴，律师事务所的两个人来拜访过我。"

"哦？是什么样的人？"

"一位中年人，50多岁，另一个是年轻人。咨询有关曼陀罗的相关问题，说是与案件相关。我匆匆地见了一面，剩下的事情交给接待人员了。"

"哦，我知道了，他们有影响你的工作吗？"

"没有，他们说怕影响我的工作，待了不到10分钟就离开了。"

"哦，知道了，我认识。不谈他们，我们开吃。"

"凤爪、虾饺都好吃。哥哥，再尝尝这个糯米鸡，有着荷叶的清香。"

"好的，你也吃啊。"

"这个乳鸽，哥哥得吃，可以滋补身体，你太累了！今天我们得喝大红袍，吉祥喜庆，寓意哥哥的试验马到成功！"说着，他给哥哥倒了一杯茶。

"借弟弟的吉言，一切顺利！"

"哥哥，我这次想要回老家看看。"

"好的啊。"

"不过你要回家住一晚啊，不然连续开车会疲劳的。"

"那今晚哥哥也回家住吧？"

"嗯，争取，我已经有一个多月没有回家睡觉了。"

分手后，哥哥又回到实验室。

2

哥哥晚上10点多才回到家里，那时弟弟已经进入了梦乡，可能是驾车疲劳，也可能是哥哥在身边的缘故，他睡得特别香，一觉就睡到天亮。

哥哥很早就起来，为弟弟做了砂锅海鲜粥。

"真好吃！还有一股淡淡的清香味。"

"就你能夸我。"

"我出差到过很多国家的中餐馆，每次都点砂锅海鲜粥，但是味道还是有很大差别。"

"嗯，这是特有的潮都砂锅粥。虽然是很普通的海鲜粥，家家都会做，但在材料和火候上有很多讲究的。制作材料主要有基围虾、香米、糯米……"

"不都是这几种材料吗？怎么味道却完全不一样？"

"粥需要慢慢熬，才能熬出最浓的味道。人生也像一锅粥，融入不同的心情、情感，就会熬出不同味道的生活。"

"嗯，我遇到不开心时，也会经常熬粥。"

"需大火滚煮，米粒开花时依次放入螃蟹、基围虾、元贝、姜丝，因为壳的厚度不一样，煮熟的时间也不一样，每次需要间隔一两分钟加入，加入元贝的同时，加入芹菜粒，再加入 2 勺牛奶，这样汤汁浓白，还会隐约透出奶香。再加入调味料，鲜美的海鲜粥完成了。"

"好精准啊。"弟弟一边喝着粥，一边听着哥哥兴致勃勃地讲着。

他们在品尝热乎乎的粥的同时，也尝出温馨团圆的幸福滋味。

"不过哥哥，我猜你肯定还有非常重要的秘诀没有说出来。”

“还是你了解我啊，对，还有非常重要的一环，决定着海鲜粥是否地道正宗。”哥哥故意卖着关子，笑着说。

“是什么啊？我猜不出来！”

“那就是冬菜，将其切碎，和螃蟹同时加入。冬菜是潮都砂锅粥独特味道的根源。”

“啊！原来如此！如果没有冬菜，那还做不成正宗砂锅粥了？”

“哦，可以用甜蒜替代。”

“哥哥，这个冬菜，我倒是挺感兴趣的，怎么听起来像是北方的大白菜啊，南方天气这么热，为什么起了个冬天的名字？”

“说起冬菜，我倒是做过一些研究。冬菜因加工制作的季节多在冬季而得名。原材料就是津门大白菜，它的制作工艺也挺复杂，就算制作完成，也还不能吃，还需要长达 8 个月的发酵时间。好的冬菜在 8 个月之后开启时香味浓郁。”

“哦！太不容易了。”

“市面上有一些改造后的冬菜也能接受，但传统意义上的潮都冬菜还是以大白菜为原料才正宗。”

“哦，原来是这样。”

“嗯，无论是用大白菜还是其他食材制成的，都必须遵循一定的程序，保证发酵时间，虽然费力费时，但只有这样才能保证冬菜的品质。"哥哥若有所思地想着什么。

"通过冬菜的制作过程可以知道，一个调味品，都需要多方协作才能完成，大的项目更是如此了。"

"嗯，是的。实验不仅包括仪器、设备、实验的物质对象，还包括背景知识、理论假设、数据分析、科学解释，以及实验者之间的协商、交流和资金的获取等社会因素。不只是物质性的，还是文化性的、社会性的。"

"听起来也和熬粥一样啊，不是一个瞬间完成的动作，而是一个持续发力的过程。"

"熬，就是坚持、积累，不能轻易放弃，离开自己的位置，一步步地努力，达到理想的目标。熬得住的人，一般都是笑到最后的人。"

"有道理，哥哥就是这样每天都在做着同样的事吧，周而复始……我有时好像明白你研究的是生物制品，但有时又不太明白，只要是研发生物科技制药类的就都和你的研发项目有关系吗？"

"那可不一定啊！"

"我刚才听冬菜的制作过程，感觉发酵挺重要的。"

"发酵工程是应用生物技术的重点学科，是生物技术产品最主要的生产手段。"

"发酵是来自拉丁语的'发泡'吧，不就是能生产啤酒、发酵面包、酸奶之类的吗？"

"还有点儿时间，我给你补补课。生物工程学是近几年兴起的新兴学科。它是由发酵工程逐渐演变来的。但是生物工程学包含的范围和影响远远超过了发酵工程。它包括微生物学、化学、基因、细胞、机械和计算机软硬件工程，是一个多学科工程。现代发酵工程不但能生产酒精饮料、醋酸和面包，还能生产胰岛素、干扰素、生长激素、抗生素和疫苗。也能生产天然杀虫剂、细菌肥料和微生物除草剂，还有氨基酸、香料、生物高分子、酶、维生素和单细胞蛋白。"

"哥哥，你不愧是教授，我好像明白点儿了。"

"我们就说到这儿，我得赶紧回实验室了。"

"好的，我还得再喝一碗。"

"好，路上注意安全！回魅海后，报个平安！再见。"

两人紧紧地拥抱在一起！

哥哥走后，弟弟回到屋内，简单收拾一下厨房，再环顾整个房间，也没有什么可以整理的地方，真是简朴得不能再简朴了。白墙上也没有任何装饰品，只有一张床、书桌、椅子、冰箱、黑色行李箱一大一小，这些就是哥哥的全部家当。衣柜里面的西装和衬衫还都是他给买的，商标都没有剪掉，平时就两件衬衣换洗，一套西装。哥哥经常说"平时都是穿白大褂，不用穿太好的，只有开会和出差时才会穿。"

3

一看时间也不早了，他驱车赶往老家。

路上，他回想着儿童时代在周边玩耍的情景，经常会看到野曼陀罗花，妈妈每天都嘱咐："不要碰，会晕倒的。"

他特别顽皮，一次，故意去闻了一下那大大的花朵，真香啊！然后就什么都不知道了，醒来时，好像已经被抬到村里的卫生所，妈妈、爸爸围在自己身边。那是他最幸福的时刻，也是美好的记忆。

事实上，他是在一个幸福的家庭长大的，父母恩爱有加。小时候也没有被虐待过，家族里面有好几位长辈还都是医生。

突然有一天，妈妈好像变了一个人，沉默寡言，有时突然站起来往外走，好像有什么很重要的事情需要做。爸爸紧紧地跟在身后。

他还清晰地记得，一天下午放学回来，刚走到村头，就见人们纷纷向距离自己家不远的后山跑去，见状，他也跟着跑去，看见围了很多人，他从大人们双腿的缝隙中挤进去，看见妈妈脸色煞白，闭着眼睛躺在爸爸的怀里，哥哥也在旁边。他们大声叫着，叫着……

那一幕永远刻在他的心里，后来听爸爸说："妈妈有病，不能忍受痛苦的折磨，就自己先走了。"再过几年父亲也生病去世了，只剩下了哥哥和他。

父母离世给他带来巨大心灵创伤，与哥哥相依为命的日子里，他体会到生活的不易，希望通过学习为哥哥创造一个更安全的环境，也让自己从创伤中慢慢走出来。

去美国后，他心中萌生了成为律师的想法。大约15年前，暑假期间，他和班级的3位同学相约驾车前往密西西比州游玩。途中来到一个著名的快餐厅就餐，一走进餐厅吓了一大跳，以为误入了19世纪电影拍摄地，就餐的人们是按照肤色就座的，白人占据了中央位置，黑人还有好像拉丁美洲人坐在一边的角落里。

他的两位同学来自欧洲，也算是白人，另一位同学是东南亚的华裔，属于黄种人，他们的座位成了大问题。

两位白人同学自然是要到中间区域入座的，他们两个黄皮肤的比较尴尬，自然不想坐在黑人区那边。两位白人同学肯定是想四个人都坐在一起的，但看到白人区就餐的那些人投来的眼神，就放弃了抵抗。最后他和华裔同学发挥了黄种人的智慧，尽力选择坐在黑和白之间。

他坚定了要当律师的想法，想成为有钱人，想为自己也为黄种人争取更多的权利。以为这样就可以改变……

某一天，在图书馆里，他无意间发现一个资料，关于1890—1940年，受美国《排华法案》的影响，很多华人被迫出走，到其他国家谋生。就连孙先生都受到阻拦，后经多方努力，还是在请了律师帮忙的情况下才入境的。

遇到类似情况，很多人感到无奈，也有内心强大的人一笑了之。随着时间的推移，他变得越来越孤独，也越来越不想与人交流……

一路奔驰，来到自家老房子，走进去，还是原来的模样，虽然很干净，但是他还是一遍又一遍地打扫着。

他走过世界的很多地方，但始终认为这才是他真正的家，他从墙上取下父母的照片，一遍一遍地擦拭着，一尘不染。

他恋恋不舍地最后再看一眼老房子，接着，往山上走去，又转了几个小弯，来到父母的坟头，磕了三个头，嘴里念叨着：父母在天堂一切安好！保佑哥哥的实验成功！他把一大把菊花摆放好后，又分别拿出苹果、橘子、点心、白酒依次摆好，最后点上三支香，默默地念叨着："保佑哥哥多子多福！健康快乐！"

他预感到可能今生今世再也回不来了，不由得流下了痛苦的眼泪，这里的一切将永远地留在他的记忆中。也许不久的将来这点儿仅存的记忆都没有了，只剩下幻觉……

第二十一章　　李影小姐追踪

1

"陈理事，今天天气晴好，我请您吃下午茶啊！"

"有人请，可太好了啊！"

"您还在东方银座那边吗？"

"是的。"

"那我们下午两点半在东方银座广场一楼的咖啡厅见面。不过陈理事，这之前我还有点儿小事，求万能的学长们帮忙。"

"好，你说。"

"就是上回波士顿大学毕业的人中，同时间段，是否有一个叫 Frank，或者是姓唐——Tang 也可能是 Tong 的香山人。帮我再调查一下，十分感谢。"

"我现在就发到群里面，看看能有什么信息。"

"有关他的任何消息都可以。"

"试试吧，不一定能帮到你，毕竟也是好多年前了，在美国或北美国家的留学生不一定都在这个群里，先看看。"

"我还有一张照片，可以单独发给您。"这张照片是李影小姐趁着他不注意的时候远远地拍下的。"不过这张照片，您知道就行了，最好不要发到大群里，引起不必要的焦虑。"

"嗯，明白，下午见。"

2

12点50分，李影小姐提前来到了大会现场，签到拿好所有的会议流程和资料，这是世界经济方面的会议，她代表公司参加。这次的会议已经开了两天，下午是对话节目，中途茶歇正好可以溜出去办点儿私事。

有点儿惊讶，中外专家对话的主持人竟然是陈一依。她是MH财经主持人，MHC是国际大都市，国际行业交流很频繁，由她主持也能说得通。

但李影小姐总感觉哪里不太对……

休息间歇，李影小姐和她擦肩而过，觉得很有意思，在一个公寓上下楼住着，一次都没有碰过面，互相也不认识，这里竟然碰上。也没有打招呼，主要是李影小姐也不想主动打招呼，就装作不认识好啦。

上次听颜小玉说过以后，还特别留意了那台节目，其实她不光主持股票类节目，还经常出现在一档外语专栏里，李影小姐看过几次，英语非常流利，其他没有特别的地方，但就是感觉她表现得太淡定自信了……

李影小姐总觉得哪里不对劲儿，具体还说不太好，可能是英语，听她说英语，无论是在电视节目里还是在现场，对李影小姐而言，都是冷冰冰的，毫无感情和生气，引起她的猜疑。

趁中途茶歇，她迅速地跳上出租车直奔东方银座广场。

在酒店大门前停车后，她徒步往广场方向走，感觉这段时间城市又有了新的变化，记得第一次来这里是星期六，人很多，也是刚来魅海之时，一位多年的朋友在一家韩国料理店为她接风。

现在还能回想起来当时的情景，服务员把一个很精致的、特大号的盘子端了上来，盘子里面好像只放有 6 片薄薄的牛肉片，她想："刀工真好，能切得这么薄。"当时都没忍心下筷子去拿，因为感觉还不够一口吃的，后来又上了些蔬菜，当朋友问："吃饱没？"觉得一定价格不菲，假装说："吃饱了。"然后，喝了很多的柠檬水，也感觉确实是饱了。

这时，她会想起家乡——雪瑰都的韩式烤牛肉，一盘子一斤，大片牛肉，直接上 5 盘，吃得好过瘾啊。最后再吃上一碗正宗的朝鲜族冷面，真好吃！想到这儿，她开心地一笑，差点儿笑出声来。

下午 2 点 20 分，她刚进入一楼广场，就有点儿后悔约到这里来。只想找一家交通便利的地方，而忘记了这是一个非常繁华的地段，几个大型百货商场、众多国际品牌商店和餐饮娱乐场所坐落在这里，也是年轻人聚集的购物和约会场所。现在正是下午茶时间，人们购物后都会找一个休憩的地方，女性同伴会聊聊刚买的衣服和有趣的见闻，还是情侣约会的好地方。

虽然这边的咖啡店很多，但基本都是在商厦内，有的在商场里面的服装店旁边，基本是座无虚席，别说是放松心情了，就连说话聊天旁边的人都听得一清二楚。实在是达不到休闲和放松心情的目的。

已经无法更改了，只能奔向约定的咖啡店。记得这家咖啡厅分为室内和室外，如果占到室外的位置就好了。

这时，远远地就看到一对华侨模样的老夫妇正要起身离开，李影小姐什么也没想，快步跑上去，迅速地直接冲到他们面前，刚想直接坐下，老年人腿脚不太灵敏，起身有点儿慢，才起来半个身子。

"实在不好意思。"她点头示意表达歉意。

"没关系，你先坐下吧，人很多，位置不好等。"穿着鲜艳黄色衬衫和蓝色背带裤的老先生很通情达理。

"那就不客气了。"她坐下后，先把包包和外套放到座椅上，一看老夫人还没有站稳，就立刻站起来和老先生一起扶她起来。

"我这条腿，有风湿病，坐时间长了会麻。"老妇人说道。

"您慢点儿，不着急，再坐会儿也行，是我动作太快了。"

这时有两对男女也在旁边窥视着这两个座位。

"没事，不用管我，你赶紧坐下。"老妇人接着说道，"今天是我们结婚 60 周年纪念日，特意从法国赶来的，60 年前的今天我们在这里——幽静寺附近相识。"老先生也同时点着头。

"哇！祝福你们，太不容易了。"

"也祝你今天约会成功，一切顺利！"

"太感谢了！祝二老永远幸福、快乐！"

她真的被这种幸福感和爱情所感动，目送着他们消失在购物的人群之中。

"不过现实中真的太少了。"她又自言自语道。

这时穿着黑衣的服务生赶来，很麻利地收拾好了餐桌。

她坐定后，发现这是一个角落，三面都没有人。

陈理事也很准时，他翩翩地走过来。年龄大约 60 岁，典型的魅海男人，儒雅、低调，穿着一件浅粉色上衣，蓝色西服裤，一头自然的黑白相间的长发，精神头十足，腰板笔直，个子高高的。

"位置不错啊，我还担心没有座位。"陈理事很开心地边坐下边说，"来了好多信息，我都没来得及看，给你先看。"说着就把手机递给李影小姐。

"陈理事，您喝点什么？"点餐的黑衣服务生已经站在桌旁等候了。

"我来一杯卡布奇诺。"

"好的，我来一杯玫瑰拿铁咖啡，再来两块蛋糕，巧克力蛋糕和英式松饼各一块。"

在陈理事的手机社交软件中，她看到群里面已经跳出了很多信息：

熊猫说：

"我那一年的同学里面没有这个人。"

地瓜说：

"好像我们那一届没有这么一个人。"

JEAN 说：

"认识一个经济系的弗兰克，但年龄不对，才二十几岁。"

白菜说：

"认识一位姓唐的，在首都大学当老师，不是南方人。"

土豆说：

"认识一个老外叫这名，年龄也差不多。"

鬼怪说：

"有一个叫唐伯虎的，学艺术的，估计此刻正在美国街头卖画呢。（偷笑的表情包）"

这时黑衣服务生把咖啡端上来，"请问卡布奇诺是哪一位的？”

李影小姐用右手示意一下，“是这位先生的。”

随即咖啡被轻轻地放到对面桌子上，陈理事向男孩微笑着点点头：“谢谢。”

“哦，这咖啡够浓的，不错。”

“看来陈理事是重口味。我喝太浓的不行，晚上睡不着觉了，一般喝拿铁。”

“嗯，你可以点湿卡布奇诺。像我这杯应该是干卡布奇诺。”

“湿卡布奇诺？”

“嗯，和拿铁差不多，没有那么浓的咖啡味，适合口味清淡的人。”

“哇，真是懂咖啡的人啊！”

“嗯，喝了几十年了，略微懂一点儿。”

这时，玫瑰拿铁咖啡和蛋糕已经被服务生放到桌上。她注意到，这个英式松饼还不是她想要的那种，有点儿小失望。里面加了些葡萄干，和英式松饼还是不太一样。

“陈理事，您慢用，实在感谢上次的帮忙。”

“问题是找到没有？”

“人是对上号了，也找到了，可惜……病了。”她没有说出口，人实际上已经死了。

“找到就好。你今天这么有空啊。”

"正好在附近开会。"

"挺好，大家还是要多来往，经常参加会里面的活动。"

"是的，哦，忘了交会费了。"

"下月有一场活动是参观未来之港。"

"我参加。"

"好。"

"陈理事，听说您早年也在美国学习过吧？"

"是啊，毕业就回国了，一直在教育部门工作，时间过得真快啊。"

"回来后就加入了 M 同学会吗？"

"是啊，百年庆典活动尽量来参加哦。"

"一定去！"

"哦，我把你拉到北美群里，你可以随时接收信息。"

"好的，我先要下载这个软件。"

一小会儿工夫，她已经下载好了，"陈理事，您现在除了同学会的工作，还在其他地方有兼职吗？"

"有，发挥余热呗，是一家教育公司的顾问。"

"太好了。"

"离家很近，步行距离，当着锻炼身体。对了，我还要回公司一趟，你也在群里了，以后我们再聚！"

"非常感谢陈理事。"

"别这么客气，就叫我学长好了。"

"好的，陈学长。"

她刚要起身结账。

"不，今天我来付款。"

"那怎么好意思。"

"没关系，就这样，有事随时联系……"

告别陈学长，她从广场步行进到地下一层地铁站。

李影小姐万千思绪……

在 M 同学会中，会员经常互称"学长"，不一定是校友，也不分性别。可看作是一种谦卑的交际文化理念和素养。

会员们大都爱喝咖啡，也喜欢喝茶。喜欢安静、守时、诚信、平等。对传统文化有热情。话语间偶尔会夹带点外语单词，也不是故意的，是自然流露出来的。他们的共识是留学的经历不是显摆和炫耀的资本，而是一种眼界、胸怀、格局和担当。

他们也是魅海市的一部分，默默地为这座城市服务着……

他们的背后实际是千千万万个为之流血流汗的、默默无闻的、有血有肉的，有各种生活烦恼的小人物……

他们只是一个缩影……

一个民族的缩影……

3

在地铁里，突然有一条消息映入眼帘。

好运说：

"我认识一个叫Frank——弗兰克，姓唐的一个男生，说话口音好像是香山那边的。但是在大学三年级的时候，突然失踪了。直到我都毕业了也没看到他，当时还挺奇怪的，以为是转学了。"

李影回复：

"请问他为什么会突然不见？能确认是转学了吗？还是有其他原因？"

好运说：

"这个……如果不着急，等我再问问。"

李影回复：

"太感谢了。"

好运说：

"大家都是自己人，应该的。"

20分钟后，李影小姐已经到公寓楼下了。

走进生鲜超市，买了一堆水果和速冻食品，最近实在是没有时间和心思做料理。

进入公寓，楼内异常安静，她好像还很少这个时间段到家，比平时早很多。

想想最近发生的一桩桩事情，也没有魏鹏的消息，因为已经立案侦查了，估计消息都是封锁的。老张的压力应该也很大，也不太好意思打电话询问。胡警官也没有任何消息，猜想也是不方便透露案情，毕竟已经归刑警大队管了。问那位周中队长，肯定一句话都套不出来。他应该有好几桩案子要处理吧。

但愿，不久的将来，警察会抓到凶手，不过目前好像还没有什么行动，应该是还没有直接证据吧。

最重要的是不要再出人命了。

她想着想着，不知不觉已经到了家门口，往左边走廊深处看了一眼，没有什么异常，感觉有好几天都没有看到乔森律师了。

突然颜小玉探了一下头，小声说："李姐！来我家啊！"

她把食物放到家里，顺手拿了一大盒薯条。这还是她第一次进颜小玉家。

"谢谢，正是我爱吃的烤肉味。我把雯雯已经先放到楼上去了。"

"谢谢，太委屈它了。"

"没事，最近它可安静了，得了相思病。"

"啊，什么情况？我对狗可是一点儿常识都没有哦。"

"它爱上了那家，酒鬼那家，那条大狗！"

"啊？是小虎吗？"李影小姐捂嘴笑了起来。

"对。"

"这可怎么办啊？"她突然发现颜小玉的脸有点儿肿，看起来有点儿奇怪。

"我也发愁啊。能让雯雯嫁到他家？我怎么忍心啊！我都怀疑我家雯雯会被虐待。"

"也不至于那么严重。听说老付的退休金蛮高的，让他给雯雯盖一个漂亮房子之类的，或者多要点儿彩礼，我不太懂啊。"

"哎呀。看这个架势，我都觉得哪天一眼没看住，雯雯自己跑过去了。你没看这几天那老头得意得很啊，大门黑天白天的敞着，时刻准备让他家的那个什么虎冲出来，把我家的雯雯抢走。我都有点儿上火了，李姐，这是什么世道啊，刚走了一家整天唱跳的，就来这么个老头。说起308，好像都被你分析对了，你真行，我到现在都糊涂着。"

"糊涂点儿好，不累，不操心。"

"李姐，这案子算是破了，还是没破？上次警察又来问茶叶什么的，那家的茶叶还被拿走了，昨天我还隐约听到方小姐在骂那个宝岛男友'你的脑子是真不灵光，什么都说，弄不好怀疑到我们头上了。到时宝岛都别想回去了。'听那男的说一句：'那就做大陆的鬼啦！'两人又吵了半天。'难道是你想害死那男的，因为你喜欢那个女的。'然后就听到方小姐在哭。"

"唉，应该是快破了。"

"李姐，他如果真是凶手，我是出门啊，还是在家待着？方小姐这么一说，我倒真的怀疑啊，因为毕竟是有特务什么的，电影里面不是经常演吗？我还特意看了一天的反特片。"

"你不用怕，我想你肯定没事，再说你天天和沈浩在一起。"

"他！一到关键时刻，就躲到我后面。就说雯雯喜欢小虎这件事，不去找老头儿理论，自己跑到楼上先哭起来。这都是什么男人啊？更别说遇到凶手，他都不知道躲到哪里去了。"

"没事，要遇到事情你也可以直接向老付求救。"

"我更不敢。"

"这是保安王凯的电话，有急事，你也可以向他求救。"

"就是那天第一个冲进 308 房间救人的保安？"

"对！"

"他灵的，我得赶紧记下。"

4

从颜小玉家出来，李影小姐先打开了电脑，登录了社交群。然后开始一样一样地把刚才买的食品分类放入冰箱，正在想晚餐吃什么。突然传来咳嗽声，吓了她一大跳，原来是电脑系统发出来的通知，有人要单独加她，仔细一看，是刚才提供重要信息的"好运"，她赶紧通过了验证。

不一会儿，小鸟叫的声音传来。

好运：

"还是认为单独和你说比较好，因为可能会涉及个人信息。在大群里不太方便。"

李影：

"好的！"

好运：

"我刚才打听了一下，他好像是突然得病了，不得不休学还是退学了。"

李影：

"他得的什么病，是心理疾病吗？"

好运：

"等一下。"

好运：

"刚才找到了当时的学院留学生会的一位女士，她回忆起，学校曾经让她给一位学生的国内亲人打紧急联系电话、发邮件，电话打通了，是他哥哥接的，他哥哥应该是位医生，当时给他在电话里念的病历，他几乎都懂。还委托我们负责安排他弟弟的生活和治疗，同时寄过来一笔钱，说他有工作无法来美国，希望给他弟弟最好的药物治疗，能重返学校完成学业。"

李影：

"他叫 Frank ？"

好运：

"等一下……因为他的身体恢复后，怕对学习有影响，他自己要求把一开始用的英文名字 Frank 改为 Jonson，有一些详细的病因和病情涉及个人隐私，不方便透露，他属于治疗得很成功的。休学一年后，以优异的成绩完成了学业。"

李影：

"非常感谢！知道他哥哥在哪个城市吗？"

突然大群里面有一个头像一闪一闪的，发来了信息：

胖胖：

"我认识一个人叫 Jonson 的律师，他和哥哥都在香鹏，哥哥是搞科研的，好像还挺有名，可以上网搜一下。"

李影：

"非常感谢！"

李影小姐赶紧在百度上，搜了一下唐XX，香鹏医疗XX公司，一下子跳出来好几个。打开一看都不是，然后翻到第二页也没有，在第三页跳出了一个唐教授，详细的页面打开后，李影小姐感觉一切都明白了，但还是有一些细节有待调查清楚。

　　她想起了侄女小玲珑也在香鹏，上大学时，还是东野圭吾的书迷。一听说和案件有关，相当乐意帮忙，办事效率很高，20分钟不到就发来两个固定电话号码，还有一个手机号码。

第二十二章　最后一日

1

今夜注定是个不眠之夜。

李影小姐开始心跳加快，感觉又要出大事了。

她双手合十，闭上眼睛，深呼吸，慢慢吐气，连续做 5 个，感觉实在做不动了，稍微平复了一下心情。

她打开香鹏 XX 生物研究所的网页，找到三个号码，一个一个地打过去，和预想的一样，无人接听，有一个还是忙音。

她开始拨打小玲珑发来的号码，电话响了好几声，没有人接，但是不能停止。

终于有一个男性的声音传来："你好！我们现在是休息时间，有什么事情请明天工作时间再打过来。"

"你好！这是紧急电话，无论如何请不要挂断电话。请你立刻找一下唐教授。"

"这个……"

"没有时间了，请快一点儿。"

"请问你是哪一位？"

"我是李影，是唐教授的亲弟弟——唐律师的邻居。"

"你等一下，我试一试。"

五分钟后，一个浑厚有力的声音传来："我是唐凝！"

"您好唐教授，打扰了，长话短说，我是李影，是……"

"我知道你。"

"您知道我？"

"对，我弟弟说起过你，你是她心中的偶像，梦中情人！"

"啊，唐教授，真能开玩笑啊！"

"没开玩笑，是真的！"

"哦！ 现在说……正经事。"李影小姐一时还语塞了，没想到唐教授此刻还能这么幽默。

"我想知道，唐律师是什么原因得的病？"

"这个……话题比较沉重，有这么重要吗？"

"有，很重要。"

话筒那边唐教授用低沉的声调，但非常清晰地、简要地述说着：

"我一直保守着这个秘密。我们家族有精神病史，我的外婆是自杀而死的，我的母亲也是自杀而死的，我们这一辈得精神病的概率也是很高的，我弟弟在美国上大学时就是第一次犯病，他当时很痛苦，但不得不接受现实，好在治疗还算及时，病情也基本得到控制，后来他完成学业，还考取了律师执照，但一直也都在服药。我现在虽然还没有犯过病，但我也无法预见未来就不犯病。所以我一天当三天用，和时间赛跑，不停地研究和开发。"

李影小姐屏住呼吸在听着，生怕漏掉一个字、一句话。

"请问您目前的新产品还有多久可以研制成功？"

"这个……快了，很快。"

"请问您认识魏鹏吗？从美国回来的，和您算是同一个领域。"

"听说过，几年前有朋友介绍过，他发展得不太如意，我想请他到我们这儿来，都是邮件联系的，没有见过面。"

"最后一个问题，如果，假如，他比您先完成研发，而您没有得到专利的所有权，会怎样？"

"首先这种假设完全不成立！如果是在战场上，只能赢，不能输，输意味着死亡。如果是一场生物病毒战，战场上较量的是医学水平的高低，谁能最先拿到病毒解药，谁就能占据制高点，威慑对方。"

"好的，唐教授，明白了。"

"哦，从另一个角度来说，如果开发的某种药物和制剂都是用于拯救更多的人，不是为了个人的得失，也只能是感到遗憾。"

"感谢唐教授，祝您成功！"

"谢谢！再见！"

2

放下电话后，李影小姐没有为马上能抓到凶手而感到高兴，而是感到身上有种责任感。

她毫不犹豫地拿起电话，先是打给胡警官，又翻出周中队长留下的纸片，拨打了上面的号码。

"你好周中队长，我是曼特顿公寓的李影，请你一定要保证他的安全，直到他去自首。先不要逮捕他，给他过多刺激。谢谢，再见！"她也不给周中队长留下任何机会说她"还指挥起警察来了，走火入魔"之类的话，果断地挂断电话。

停留片刻，此时此刻，她太需要一个帮手，找谁呢？

她把全公寓的人都想了一遍，没有一位合适。思来想去，也只有他了。

"刘医生，我需要你的帮助，有一个特殊的病人可能也需要你的帮助，希望你能劝他自首。"

"什么？犯罪嫌疑人啊！"

"嗯！是投毒魏鹏的犯罪嫌疑人。"

"啊？谁啊？"

"来了你就知道了。"

"好，我现在就过去。"

晚上 10 点多。

刘医生打来电话："我已经在楼下了。"

"如果不介意，请先到 312。"

"好，就要到啦。"

"刘医生，不好意思，请先喝杯咖啡吧，今晚估计你要辛苦了。"

"到底是怎么回事啊？"

"我现在需要你的帮助！"李影小姐大致地讲了一下事情的经过。

"哦，是这样啊！那你确定警察已经开始准备逮捕他了？"

"目前还不会，还没有直接证据，可能还会等上一会儿。"

"动机是啥？"

"动机就是为了让他哥哥的科学试验早于魏鹏的研究出来，所以尽量拖延时间。实际上他们的研发有可能没有任何关系，都是他自己想象出来的。"

"那为什么不一下子害死魏鹏？弄的药量也不够，还费了这么大劲。"

"他和魏鹏根本不认识，并没有多大的仇恨，只是想拖延时间，或者是还有其他的原因，只有他自己知道。说明他还有理智，还有良知，还可以控制自己的情绪。"

"还有，你判断，他今晚或者明早肯定会回来？"

"不确定！但我肯定他会回来的，即使他可能想在外面解决掉自己，但终归还会回到公寓。"

"你怎么这么肯定？我服！"

"刘医生，像王丽这样的轻微抑郁症病人，能否治愈呢？"

"可以，要心情舒畅，家庭和睦，自己要想得开，多出去旅游，做一些自己喜欢的事情，会好起来的，可以停药，完全治愈。"

"那武梦洁会好吗？"

"武梦洁的具体病例没有看过，估计也是后期生活不顺，爱情不顺，生活环境的变化，应该都有关系，如果有家人的陪伴，再加上药物的长期治疗，也许病情能够减轻。关键是她又回到了这个和魏鹏相联系的地方，缺少朋友和家人的陪伴和开导。如果她不再受刺激，也许能减轻很多，下半辈子平安生活也是可能的。"

"那他这种遗传性的精神病人呢？"

"这还需要全面诊断，遗传因素只是精神病发病的一个诱因，范围也比较广，包括抑郁症、精神分裂症等，大部分通过心理治疗或者药物治疗之后，症状会有所缓解，但是根本上很难真正治好。"

"我最近经常会想到，诺贝尔经济学奖的获得者，数学家小约翰·福布斯－纳什患有精神分裂症，他就是同精神病斗争了几十年，克服脑子里面抹不掉的幻想出来的三个人物，同他们做斗争，最后用爱和理性战胜了自己，回归了正常生活，还能每天按时到大学里上班。这说明应该还是可以做到的。"李影小姐有点儿激动地说。

"是的。精神分裂最大的痛苦就是分不清真假。如果身边没有人听故事，就最好试试心理医生。纳什教授不仅是学术上，而且为战胜心魔提供了一个可能性。这与妻子爱丽西娅的爱也是分不开的。"

午夜时分，刘医生靠在沙发上，不停地打着瞌睡。

喝的那两杯咖啡，对他完全没有起到提神的作用。相反，还促进睡眠。

对这个问题，她之前曾经探讨过，据说咖啡因在进入人体后，需要45分钟才能被胃和小肠完全吸收。如果在喝完咖啡45分钟内就已经睡着了，也就没有提神的作用。史密斯教授的研究发现，咖啡因可以提高人们的注意力和警觉性，帮助人们完成机械性工作。写作是纯脑力活动，咖啡因的作用不太明显。

看着刘医生此时已倒在沙发上睡着了，属于什么情况呢？她也觉得无奈，无法判断，心想不耽误事情就行。

李影小姐找了一把单人椅子，守在门口，只要走廊有声响，她就会打开门缝，观察一番。慢慢地，她也进入了梦乡，她梦见自己开着一辆红色敞篷车，在繁华大道上奔驰着，其间好像闯了红灯，被交警紧紧地追赶着，然后就围着一个小广场绕圈。她突然加油，奔上了一条大道，一直开，一直开，警车渐渐地被甩得好远……

突然从梦中醒来，差点从椅子上掉下来，一看手机，已经是凌晨 3 点钟，透过窗帘往外看去，天还是黑黑的。往沙发方向看了一眼，刘医生睡得还很香，就差打呼噜了。

这时她仿佛听到"沙沙"的声音，好像是脚步声，由远而近，再由近而远，慢慢地停止，仔细听，好像有钥匙转动的声音……

3

乔森——弗兰克，已经回到家中，这一趟南下之行，了却了自己的心事，也没有什么可挂念的，哥哥还是那样，不久的将来就会更加成功，未来不能再拖累哥哥！想再等等，如果等哥哥研发成功以后再走，就完全不会影响他。要让哥哥未来没有后顾之忧，义无反顾地去做他喜欢的事业，也希望他永远都不被病痛折磨，幸福地生活下去。

自己就是个累赘，不能妨碍他的工作。

Peter 突然出现了，"你一刻都不要等了，还是尽快了断吧，这样实验基地的机密就不会泄露，我们两个人干的事情也就永远没有人知道了。"

"可是——还有些留恋。"

"这是命令，你必须做出牺牲。"Peter 一点点地靠近他。

"可是——我不想。"

"如果你被抓了，肯定就会把我供出来，接下来我们的实验基地就会暴露，所以你必须消失，不然我就动手了。"

Peter 瞪着一蓝一黑的眼睛向他逼近，那是混血儿的杰作，"不如我就把你从这扇窗户上推下去算了。"

"不要——我自己来。"

他被逼得无处躲闪。

"我要去见妈妈和爸爸。要给自己先准备好药，而且一定要有足够的量，我要多准备点，一次性了断。再计算一下时间，我不要去那群疯子里面，每天过着被管制的生活，想想，还有什么可以留恋的……"他自言自语念叨着。

他打开酒柜，拿出一个酒瓶，倒入粉末，搅拌着，一遍又一遍地倒入，又慢慢地搅拌着，调和着，应该差不多了。拿起调好的酒瓶，坐到办公桌前，环顾一下四周，目光停留在沙发背后墙上的装饰画作上，久久不愿离开，他似乎在感受着什么，又在体验着什么……

其实，Peter 是他幻想出来的第二个人。还是个神秘之人，具体来自哪里不是很清晰，一张中美混血儿的脸，有时说英文，有时说中文，经常穿着白色大褂。Peter 自己说他来自美国的一个重要的医学实验基地，正在研究人类某项重要的医学课题，需要他的帮助。

Peter 第一次出现，是在认识武梦洁不久……

一开始，他只是好奇，经常晚上跑到神秘的实验基地去和 Peter 碰头。

实验基地不过是公寓里面，一间公用的地下洗衣房。他们聊天，参观实验基地的一些有趣的仪器，有时会把想法写在便利贴上，贴在实验仪器——洗衣机或者墙上，两人似乎都很开心。后来，他接到 Peter 的第一个指令是要求他干扰和哥哥做同一个项目的人，于是他选中了魏鹏。

不可思议的是，Peter 也从美国跟到国内，来到了魅海，在曼特顿公寓悄悄地潜伏着，暗中监视着他每一步的行动，计划实施的效果。

这时，轻轻的敲门声传来，他在犹豫是否开门。是警察？应该不会这么快，证据也难找。曼陀罗是在后山上自己种下的，不过已经很久了，乡下也没有监控，至于那盒茶，时间也太久远。

"哦，知道了。"听敲门声一定是那个爱管闲事、想当侦探、聪明的李影小姐，开不开？不开！她也许身后紧跟着的就是警察。我还是先了断吧！他反复地在思索，和自己斗争着。

"快点喝下去！"

Peter 的声音，在身后传来。

"乔森，是我，李影。就我一个人，有话和你说。"

再等等，再等等，他在心里挣扎着，手里拿起酒瓶打开，送到嘴边，但最后还是开口问了一句：

"就你一个人吗？"

"是啊！"

"你有事情吗？"

"有！先开门，我有事情和你商量。我朋友投资的事，她比较着急，还需要你帮忙。"

"哦，这件事啊！那也不至于这么早啊！"

"是这样，这些天没有看见你，有点儿担心，以为你回美国了。"

"快了，准备明天回去。"

"你都已经准备好了？"

"是的。"

"这一次要什么时候回来？"

"不准备回来了。"

"那你不想哥哥吗？你哥哥是那么关心你。"

"我哥哥，他只关心他的事业。不过真羡慕他。"

"那你既然都要走了，我更想和你说说话。"李影小姐有点儿动情地说，声音还有点儿颤抖，她想让他此刻感受到这关心，读懂这善意。

这一次，她没有等到他的任何回复，时间就这样一秒、一秒地过去。她屏住呼吸，使劲地听，屋内发出的任何微小的声音都不想错过，就这样静默着。

突然，门开了一条缝隙，在确认只有李影小姐一个人后，他才放心地让她进入房间。然后把门再次关上。

"乔森，其实我这次来是有事情和你商量。"

"什么事？"

"你能否去自首？"

他先是一愣，然后苦笑了一下说："果然是李影小姐啊！我不会自首的！我不想进监狱！也不想进疯人院！还不如自生自灭！"

"可是你还有亲人啊，自首后，你还有希望活着，也许病还能治好。"

"治不好的，如果控制不住还可能会杀人的。"

"所以，你要去做一些对社会有意义的事情，帮助更多的人走出疾病的困扰。"

"我还有可能治好吗？"

"就算不能治好，但至少可以减轻病痛啊！其实，正常人也会有幻想的，生理性幻想也是正常的。"

"我没有幻想啊，Peter，他真实存在啊。现在，他就在房间里，我一直都在和他对话。

"根本没有 Peter。"

乔森可能是病理性幻想，临床上说的妄想。妄想是一种病理性的歪曲的信念，很难被自身经历和他人说服所动摇，幻想的内容与事实不符，但还坚信不疑。

只见乔森律师慢慢地踱步走回办公桌前坐下，目光又落在那些装饰画上，感觉他的内心在不断地挣扎着。

她一直站在靠近大门口的位置，时刻准备着，就在他拿起酒瓶的那一刻，她立即转身，飞快地打开房门。

正在门外聚精会神偷听的刘医生，一个趔趄撞进来，直接趴在地上，还好，刘医生反应还算快，赶快单手撑地，一跃站了起来。

李影小姐看着这架势，真想笑出声来，但又觉得场合不对。

乔森律师也被吓了一跳，伸出去拿酒瓶的手又缩了回来，愣愣地看着刘医生。

不愧是刘副院长，正了正身子，清清嗓子："自我介绍一下，我是刘医生，刚才你们的谈话，我都听到了。"

"你的病也不是没有希望，现在我还没有你的详细病历资料，还不敢下结论，要经过全面的检查和诊断才可以判断。全世界也都在不断研究新药，未来第四代、第五代，甚至第六代药都会陆续出来的，你这么年轻，完全有时间等。你可以去我的医院看看，比你惨的病人，更加悲惨的人生有很多，只要配合治疗就有希望。"

乔森律师的双眼里忽然闪着一丝期待的光，像一种强烈的渴望，但还保持一个姿势没动。

"精神疾病也是可逆的，即使有遗传因素也是可以治好的。外界的诱发因素的作用很大。在专业医生的指导下，你也是可以结婚生子的。比如：选择合适的时间，控制用药的时间……"刘医生不断地给他希望。

这时，看到乔森律师再次拿起酒瓶，但是这次他没有犹豫，快步走到卫生间，把里面的液体倒入马桶，用水冲走。转过身来说：

"好，我相信你们一次！"

李影小姐长长地舒了一口气。

"我需要 10 分钟收拾一下。"他面向刘医生说。刘医生投去信任的目光，点点头。

只见他慢慢地进行了洗漱，换上了崭新的蓝白条衬衫，灰色西裤，更重要的是，他从她身边经过时，还散发着淡淡优雅的古龙香水味。

在临走出房间的那一刻，他又看看那些画作，义无反顾地走出家门。

刘医生、乔森律师和李影小姐三人一同走向电梯……

此时，大楼里面各路埋伏的警察渐渐围了上来，只见周中队长走在前面，小巴警官也在其中。

警察在接到李影小姐的电话前，已经开始布置，一路上，一直在跟踪他，等待最佳时机进行抓捕。

李影小姐和刘医生他们先后进去，就时刻关注着，想给他自首的时间。一旦有任何生命危险就会直接冲进去。

说起证据，还是下了很大的功夫，花费很长时间，据说他们已经找到2年前，他在一家店里购买那盒白茶时，在店里和周围留下的影像，由于时间久远，用了大量的人力，调取各个角度的监控，采用影像修复等技术，才最终锁定关键证据。

乔森律师脸上充满了淡定的神情，但眼神有点儿飘忽不定，感觉有那么一刹那，似乎变了一个人似的，不是和李影小姐会面交流的那个人，他好像游走在自己幻想的情境中，有那么一刻，她感觉到乔森律师向她投过来一个完全是陌生人的目光，好像根本不认识一样。

警察没有给他戴手铐。只是簇拥着他往外走，他好像嘴里还念叨着："不要告诉哥哥，不要告诉哥哥，以后也不要告诉哥哥。我去了美国……"

第二十三章　谜底揭开

1

"唐凝已经按照预定计划完成了产品的研发。由生物研究所的唐凝教授团队，包括王小红、陈伟、周浩、刘大伟四人，韦韦康生物公司联合申报的专利已经获得授权，即将实现大规模的生产。韦韦康生物公司是中国优秀的，致力于生物技术制药领域的研发团队……"

"魏鹏公司按照计划也已经完成了生物制品——精神病的检测剂盒的研发，并成功申请了专利。"

晚上，李影小姐在 MH 城市新闻里面分别看到上面两条信息。稍后，她又在一些访谈类节目中，零散地获得一些相关信息。

2

和胡警官沟通好后，李影小姐和魏鹏、刘医生、老张一行来到派出所，想了解一下唐汤自首的情况。

经过对案件的整体调查和唐汤供述的情况进行判断，针对这起相对特殊的投毒案件，经过庞所长和刑警大队协调后决定，在不涉及案情和个人隐私的情况下，指派胡警官和小巴警官来接待。

胡警官介绍道："唐汤交代，是他又换回了武梦洁已经拿回的装有安眠药的红酒，在那瓶酒中，早已经放入了大量的安眠药，借着她在犯病，分不清现实和幻想，让武梦洁认为是她害死了王丽。在知道武梦洁要去见魏鹏时，他已经提前把药灌入可乐瓶中，再拿网上购买的专业封瓶的工具封上，让武梦洁认为魏鹏也是她下的毒。在美国时，他就已经知道来自魏鹏老家的白茶，一定会让他受感动。在公寓里面，大家都知道很多时候，快递都是直接送到家门口，所以他经过 308 的时候，顺手把包裹放到门口，和其他快递混在一起，是没有人会注意的。"

这时，胡警官看向李影小姐。

李影小姐接着说道："唐汤在治病期间认识了武梦洁。二人在同一所大学里面复读，看心理医生，知道了武梦洁的前男友是魏鹏，他做的事情和哥哥做的是一样的，就自己想象着，认为可以帮助到哥哥完成实验，其实哥哥具体做的什么产品他根本不知道，只知道是一个领域的，幻想着用拖延魏鹏时间的方法协助哥哥，然后故意接近武梦洁，发现她有复仇的想法，二人就达成了一致，对外宣称不是很熟悉，但私下里他帮助她回国，并时不时地刺激武梦洁加快报仇的速度。"

李影小姐突然话题一转，"不过，这只是从我们的角度来看问题。实际上，他的这些行动可能是受到某人的指使干的，就像他自己说的 Peter。他幻想出来一个完全不存在的人，而且对妄想的内容深信不疑，甚至做出一些让常人惊讶的行为。"

"精神分裂的精神活动是脱离现实的。就比如他会幻想自己会飞，能变成神仙，从楼上直接就会跳下来。"刘医生解释道。

"哦，还有，关于名字也是他故意改成乔森的，留学生都有英文名，是为了和老师同学交流更方便。一般情况下，只知道一个人的名字而不记得姓，除非特意去问，否则没有人会主动说。就像去参加聚会，只记下了弗兰克、乔森、苏菲，而根本不知道他们姓什么。苏菲不一定姓苏，乔森不一定姓乔，乔森和弗兰克一般不会和唐汤联系起来，看护照也不一定看出来，除非标上汉字。世界各地的华人名字并不是按照汉语拼音直接翻译成英文的，有的按照组合翻译或者按照形似翻译。例如：香港人的英文名字一般有两种，一种是用中文名的粤语拼音代替，如 Tong Tong——唐汤，一种是一个英文名字再加上中文姓氏，如 Jonson Tong——唐汤。"李影小姐又进一步补充道。

"太复杂了，头有点晕。"老张说。

"还有更复杂的，世界各地华人的名字更复杂。例如："Tan——陈"说明这个人可能来自中国的闽，也可能来自粤，还有可能来自琼，更有可能来自马来西亚、印度尼西亚。不好意思，这些和本案无关。"

"哇，酷！"小巴警官不由自主地发出一声。

"更晕。"老张一脸茫然。

胡警官接着说道："唐汤说并没有要害死别人的想法，只是想拖延时间。但没想到事情有点儿失控，魏鹏是一点儿红酒都不喝，王丽喝了太多的红酒，没想到从来不喝酒的魏鹏那天却喝了一罐啤酒，早早睡下，错过了救治王丽的机会。

"武梦洁太自责了，她执着地认为是自己害死了魏鹏，承受不了这个打击，就选择吃了大量的安眠药，她前一晚还在电话里面和唐汤说她没事，不用担心。最后，她还是选择以这种方式走了。"

胡警官停顿了一下，"唐汤还交代他有3部手机，除了在国内这一部手机是实名制外，其他都不是实名制的，也查不到与武梦洁的任何通话记录。武梦洁死后，销毁了电话卡。"

"目前可以透露的情况基本是这样。后续都有严格的程序。"胡警官严肃地说。

魏鹏深深叹了口气，脸色似乎憔悴不少。

怕胡警官为难，大家都没有继续再问下去……

"还有，武梦洁留下的信中结尾用了四句歌词，不知道有什么特殊的意义。"他面向魏鹏说道。

"可能……是她经常唱的那首歌？"

"什么歌？"

"估计是我们初次见面时唱的那首歌。"

"最后，感谢李影小姐对本案提供的线索、帮助和支持，还有执着的坚持。"胡警官看着她，很认真地说道。小巴警官也投来了敬佩的目光。

"不客气！"她抬起右手，做了一个潇洒的挥手动作，像是领导人检阅时的回敬礼。

他们走出大厅时，小巴警官突然像一阵风似的跑过来，"李影小姐，请等一下，能给我一个签名吗？想留个纪念……"

3

从派出所出来，刘医生提议："我们大家好像是第一次有机会真正地聚到一起，一个月的时间，见面也是匆匆忙忙的，现在案子也破了，魏鹏也研发成功了一个产品，我邀请大家一起来我家吃晚餐。"

大家都表示赞同。

于是，刘医生载着李影小姐在前面带路，老张载着魏鹏，朝着郊区方向驶去。

穿过几条繁华的街道，车子渐渐地开到车辆比较稀少的街区，李影小姐觉得再往前开估计都得到吴省境内了。

终于，进入一片别墅区，门口保安穿得像大元帅一样，"啪"地给驶过的车辆敬着礼，嘴里还说着："欢迎回家！"车子直接开到一栋别墅大门口停下，刚好可以停下两辆车。

刘医生突然像变身一样，刚才还是专业的刘医生，如今满脸堆笑，变身"豪宅"主人，站在大门口欢迎着宾客。

只见这是一栋两层楼别墅，房间以优雅朴素的现代风格装饰为主，没有太复杂的设计，一层装饰简洁明快，灰白色系搭配，皮质沙发表现出流畅的线条感，地毯颜色和沙发颜色相呼应，水波纹的设计使整体空间静中有动。简洁的石膏吊顶，大面积留白，在视觉上减轻负担，搭配的吊灯也很有特点，墙面挂有一幅色彩跳跃的挂画装饰，显得年轻有活力。

一层餐厅是同样的简单设计，白色系为主，白色餐桌，配有灰色的椅子，物件不多。整体感觉简单舒适。

"随便坐啊，饭菜20分钟内肯定上来。"刘医生笑着说。

大家用怀疑的目光看着他，估计是香肠和冷盘之类的。对他的晚餐没有寄予太高的期望。

当老张把一盘盘完工的菜端上来时，还是非常惊喜。

"哇！竟然还有红烧肉！"李影小姐略感惊讶。

"啊！佛跳墙！这是怎么完成的？"魏鹏也感到好奇，并解释道："这也是刘医生家乡的特色菜，制作工艺还挺复杂，是迎接贵宾的菜品。"

"有备而来，一大早基本都已经完成了前期的准备。"刘医生在厨房高声说道。

"这是我最近学做的，赶快尝尝看。"刘医生最后端上来的竟然是雪瑰都的经典名菜，李影小姐喜欢吃的锅包肉。

李影小姐感到很开心，也顾不上淑女形象，拿了一大片放进嘴里："嗯……太棒了！酸甜可口，猪里脊肉很嫩很新鲜，番茄汁刚刚好。"

"红烧肉是天下最美的菜了。"老张兴奋地说。

虽然大家都觉得再配上红酒或啤酒就更加完美了，但是开车的缘故，再考虑魏鹏的感受，刘医生和李影小姐都放弃了酒精，只喝了果汁。

酒足饭饱之后，大家来到 2 楼小客厅，也可以说是一个茶室，幽雅别致，中间摆放着一个长长的茶桌，清新淡雅的茶香，弥漫着整个茶室，人们各自品着绿茶，好像每一个人都沉寂在自己的世界里，惬意地享受，久久回味。

4

"我就想知道，我们的大侦探——李影小姐为什么那么肯定是唐汤干的，为什么会怀疑到他？"刘医生不解地问道。

"我也想知道！"魏鹏也跟着说道。

"是啊！一开始你还在怀疑魏总身边的女性，怎么后来就怀疑唐汤律师了？"老张也一脸不解地问道。

李影小姐正端坐在那宽大的木椅子上，穿了一件浅蓝色长袖缎面连衣裙，腰部用一条同色系的带子束得很紧。头上还戴着一顶黑色的贝雷帽，今晚显得格外帅气。她环顾一下正在望向她的朋友们，露出了淡淡的微笑和自信。

"这个……一开始并没有直接怀疑到他，只是感觉事情没有那么简单，连续几件事都发生在公寓，公寓里面一定隐藏着不为人知的秘密，在我和唐汤见面的那一刻，我只是怀疑，不能确定，因为名字完全对不上，也不是武梦洁所谓的弟弟——弗兰克。但最终让我锁定他，是因为那一幅梵高的装饰画！"

"梵高的装饰画？"刘医生惊讶地喊了一声，老张和魏鹏也不解地看着她。

"是的！"

"墙上的那幅《夜晚露天咖啡座》下面摆设的小幅画，一幅是《星空》，还有一幅是《向日葵》，这些都是梵高的作品，喜欢他的画也很正常。我家也有一幅在网上买的《向日葵》。但是，另一幅人物肖像画《加歇医生像》引起了我的注意，但我当时并没有说出我的想法，装作自己一点儿都不懂，对绘画也没有和他过多地探讨。"

刘医生摇摇头表示没有听说这幅画。老张更是一脸茫然。

"我对这幅画之所以有了浓厚的兴趣，是因为这幅画的创作背景是梵高在得了精神病以后，住进法国的奥维尔接受加歇医生的治疗，在治疗期间，梵高画了这幅名画，画中人物就是他的精神病医生加歇。"

"哦！"刘医生一听精神病一词，一下子又精神不少。

"以唐汤的背景，年纪轻轻的，又不是画家和艺术家，但却偏爱这幅画，有点儿不可思议。而且在这个公寓里面也有两位抑郁症的患者恰好死去，这不是一个巧合。"

"对。"刘医生点着头。

"关于这幅画，我也了解到更多的背景，梵高完成这幅画的时间距离他自杀只有六周的时间。我在从陈学长那里查出唐汤在美国学习的背景和得病的经历后，就有点儿担心他会不会也选择自杀。他喜欢这幅画，从另一个角度来看，他一定也了解这幅画背后的故事，他是否也已经预见到他的未来是和梵高一样的命运。"

说到这里，李影小姐抿了一小口茶，接着说道：

"梵高在见到加歇医生不久，他就开始怀疑这位医生的作用，医生看起来比梵高病得还厉害。梵高也预感到自己的病是治不好的。

　　"同时，我想到唐汤本人也可能是抑郁症或精神病患者，我请胡警官一定调查一下他的家庭背景。另外我想不出他的动机是什么，一开始虽然判断出他的目标可能是魏鹏，但还是不明确他的动机，陈学长方面传来消息后，基本可以断定他是冲着魏鹏的实验而来，但接下来还要确认，他的哥哥——唐凝教授是不是也参与其中，和唐教授通话后，才了解到他们家族的情况。"

　　"原来是这样。"刘医生说。

　　"在我和刘医生劝唐汤自首的时候，他也是不停地在看着那幅画，他可能在想象医生是否能够治好他的病……脑子里面可能不断地斗争着、幻想着，具体想什么只有进入他的世界里才会理解。"

　　"你就没有担心过他突然会以某种意想不到的方式自杀吗？"刘医生一脸迷惑的表情问了一句。

　　"是的，想过，因为画家是朝自己的肚子开了一枪，然后还走了几里路，几天后死的，我判断唐汤还是会选择用类似曼陀罗之类的植物剧毒来自杀。当然，如果他身在美国，可能直接会用枪了断。"

　　"不可思议，为什么呢？"刘医生还是满脸疑惑的表情。

"那还是要回到这幅画上，加歇医生的头部用金黄色，后面的小屋墙壁用了强烈的蓝色，突出了无限深远的背景，使金黄色的头发在蓝色背景下发光，像星星镶在青蓝色的天空中。杯子里面的植物是洋地黄，可以提取出一种能加强心脏收缩力、治疗心力衰竭的药物成分，可能是加歇医生用于治疗梵高的一种药物。画中出现这个药性植物，说明梵高对病情的康复还抱有一丝希望。但是医生表情忧郁，也许暗示着治疗的失败或者医患关系紧张……"

"天哪！都研究到这一步了。"刘医生觉得不可思议。

"唐汤不止一次用曼陀罗，如果一个人找到某种行之有效的方法，他是不会停手的，会一直继续下去。同时曼陀罗对他来说也是一个美好的记忆，对家的眷恋，他的家乡附近也是曼陀罗的产地，他在魏鹏的白茶里面投入的应该是白色曼陀罗花。"

魏鹏插话道："一点儿都辨别不出来，混在白牡丹茶里面。"

"曼陀罗可以是一种白色粉末状的药物，也可以是液体或膏状，由曼陀罗花熬制而成。白色曼陀罗花的花语是无尽的思念，还有净化心灵、希望、纯洁的爱情的意思，也许他要献给心中的爱人纯洁的希望。相信他给自己的酒瓶里面下的也是白色曼陀罗，他的母亲应该服用的也是白色曼陀罗，他记忆当中是否是这种白色的花朵，只有他自己才知道。"

"哇，太深奥了！"老张感叹道，终于松了一口气，"听说唐凝教授已经给他请了律师！他主动提出账户里面有 200 万元人民币，愿意赔偿给王丽的家属。"

"等待他的将是法律的制裁，还有精神病的鉴定。如果他本人和律师申请做精神鉴定，我和王院长都会积极配合。"

"说到精神病的鉴定，我还有一个疑问，精神病恢复后，到底有没有记忆啊？"李影小姐注视着刘医生。

"精神分裂发病时，记忆功能可能会受到影响，但并不是所有患者都会出现记忆丧失。记忆功能受损程度取决于疾病的严重程度，患者身体状况以及接受治疗方式。"

"那说明唐汤也许能模糊记住所做的事……也许完全记不住……"

"……"

"……"

"唉，终于结束了。"老张叹了一口气。

"还没有完！"李影小姐忽然慢悠悠地说。

"啊？没有完？"大家一起看向她。

"你们想不想知道，武梦洁在自杀时是在幻觉中，还是在清醒状态？"这一点对魏学长有点儿残酷。

"想知道？"刘医生说。

魏鹏点了点头。

"这个答案在魏学长这里。"

"嗯？在我这儿？"

"是的！"李影小姐很肯定，"能帮我把你们初次见面时，她唱的那首歌的歌词搜索出来，让我看一下吗？"

魏鹏用迷惑的目光看着李影小姐，搜出了歌词，递给了她。

李影小姐接过了手机，快速地扫了一眼，然后说："答案就在这里。"

刘医生和老张也赶紧凑了过去。

"嗯？没看出什么。"老张说。

"提示一下，看最后的四句。"她喝了一口茶，活动一下身体说。

"我们也曾　在爱情里受伤害

我看着路　梦的入口有点窄

我遇见你　是最美丽的意外

总有一天　我的谜底会揭开"

"胡警官说过武梦洁的信中最后结尾有四句歌词，应该就是歌曲最后几句。"

"哦！真是命运的安排啊！"刘医生感叹道。

"其实，抑郁症患者大部分都有自杀的念头。武梦洁也不例外，她在美国时，就应该已经想好要自杀，但是在自杀之前先要完成报复。"李影小姐看向刘医生。

"要完成报复相关的一系列操作。在自杀前，她想将与她有仇恨的人杀死，意图同归于尽。抑郁症者的自杀往往都很周密，行动隐蔽，甚至伪装麻痹家人，放松警惕。他们在病情恶化期间很少有自杀的，因为病人处于高度抑制状态，实施起来比较困难。病情改善时，可能突然发生自杀行为。"刘医生用右手的食指推一推眼镜框，更加贴合鼻梁。

李影小姐看到刘医生突然端正了坐姿，还微微前倾，好像要给患者检查身体。唉，职业习惯。

"但有时会用言语向周围发出信号，例如反复给一个人打电话、说道歉的话，把珍贵的物品赠给家人。当然也有的患者虽然有这个决心报复，但没有勇气去做。他们还会避免伤害无辜的人。"刘医生继续解释着。

"我和武梦洁聊过一些，感觉她得病应该和经历也有关吧，她过早离开家乡，跟随父母去了美国。面对不同文化、价值观和生活方式，可能会感到迷茫和不适应。融入新的社交圈子可能也碰到过困难，担心自己无法被接纳。她经历过不同文化的碰撞，可能会对自己的身份产生困惑。长期的压抑，得不到释放……"她的柳眉微微皱起，似乎在思考着什么。

"很多自杀不是冲动而是生病。"刘医生冷静地说。

"有些时候，出现心慌，心跳加快、面色惨白会被家属或者医务人员误认为心脏病发作，送到急诊科。对精神疾病的诊断概念还比较狭窄，诊断水平不高……"魏鹏忽然自言自语道。

魏鹏此时静静地坐着，沉浸在一片回忆之中。

大家都不愿去打扰他……各自品着茶，看着夜空的星星……

第二十四章　公寓阳台

案子终于破了，对公寓里的人也算是有个交代。四月最后一个星期天下午，大家聚在楼顶的露天大阳台上，中间摆放着赵女士和刘伟从家里临时搬来的一个简易大圆桌，上面摆满了各种瓶装饮料、水果、点心，这些都是每家分别拿上来的。

大家坐在从家里搬上来的各式椅子上，你一句我一句地闲聊着，有的还在讨论案情，有的在聊着各种趣闻。

"听说308马上就卖房子了，也不知道能卖个什么价格。"赵女士忧虑地说。

"价格应该不会太高吧！"金阿姨也担心地说。

"也不一定啊，有很多买家就喜欢买这样的房子。"小温很认真地插话道。

"嗯，好像是，在新闻里看过，还能卖出个高价来，还抢着买呢。"雷雷说。

"哎呀！也不知道新的住户是什么样的。"赵女士失落地叹息着。

"放心吧，他不会卖的。没准，很快就会回来住的。"李影小姐低声自言自语道。此时，她正坐在折叠摇椅上，背靠着一个又大又软的靠垫，头戴一顶大遮阳草帽，穿着一件长长的白色连衣裙，把手臂和腿部包裹得严严实实的，还穿了一双紫色过膝袜，白色粗跟高跟鞋，一条紫色披肩，在午后阳光沐浴下，更显高雅舒适，魅力值直线上升。

"嗯，我相信！"在旁边坐着的颜小玉说了一句。

"做梦都没想到凶手是他啊！"雷雷感叹着。

"我也没想到是他。平时看着文质彬彬的，一表人才，真的有点儿可惜了！"赵女士说。

"我还以为是那边住的宝岛人呢，整天神神秘秘的。"刘伟有点惋惜地说。

"我来了，谁在说我们呀？"方小姐一只脚正踏上台阶，欧阳先生温顺地紧随其后，手里小心翼翼地挎着方小姐的一个红色手提皮包，一看就价值不菲。

"别说你们怀疑他，我都有点儿怀疑他，知人知面不知心。"方小姐迈着舞蹈步，慢悠悠地走过来。

"案子终于破了，原来也想搬走的，现在先不走了，不过想想也够刺激的了。"小温笑着说。

"晕死，刺激是够刺激，比打游戏还刺激，不过可不想经历第二次。"小党说。

刘伟甩了一下头说："案子破了，我就又回来住了，不然心脏也受不了这个刺激。"

"刘哥！你心脏受不了，不是跟案子有关吧，是你每天的运动量太大的缘故吧。"成昆开玩笑地说。

大家瞄了一下赵女士后，都情不自禁地笑了起来。

"不好意思，我们来晚了。"这时萧腾和吴强一前一后走进来。两人还是穿着一样颜色的衬衫，手里拿着一大包薯条分给大家。

"你们二人真忙啊，星期天都不在家休息啊！"金阿姨说道。

"我们去约会了，刚回来。"萧腾说。

"有女朋友了？"

"还没有，今天实际上是去相亲。"

"成没成啊？"

"本来是吴强去相亲，但是女孩看好了我。"

"哇，还带这样的啊？"颜小玉说。

"嗯呐，我们是故意两个人一起去的，这样能保证成功率啊。"萧腾不知不觉地捏个莲花指扶了一下眼镜框。

此话一出，逗得大家哈哈大笑。

这时老付穿着一身花里胡哨的夏威夷沙滩花衬衫，牵着狗也跑出来，告诉大家一个好消息："我找了位保姆，明天开始伺候我，给我做饭打扫，还要照顾小虎。"

"说是保姆，你不要被外地人骗了哦，过几天就和你平起平坐，连你的房子都骗没了。唉，造孽啊。"赵女士抢着说道。

"怎么会啊？有你们这么一帮精明的邻居，人家愿意做就不错了，再说我还有亲家看着呢！"

"亲家？"大家一头雾水地看着他。

老付看向小虎："快给岳父和岳母大人磕头。"小虎赶紧单腿跪地，冲着颜小玉和沈浩磕了三个头。

"以后再说吧，我们还没有答应呢。"颜小玉和沈浩很难为情的样子。

此时，就听远处一声长长的叫声，原来是雯雯在家里发出的叫声。小虎立刻朝雯雯的方向也回应了一声长长的叫声，同时用祈求的目光看着颜小玉和沈浩。

这时，张老师和陈一依先后走了进来。"谢谢大家对我的关心和帮助，我现在已经想开了。"张老师向邻居们道谢。大家都注意到张老师的视线一刻都没有离开过陈一依，脸上洋溢着幸福的笑容。

"张老师还因祸得福了，失去了5万块，但却得到了美女的爱情，也是值了！"邻居们心里都是这么想的。

魏鹏牵着文书薇的手走过来，向大家宣布："我和文书薇下个月就要结婚了，她很快就会搬到我这里住，请大家多关照。"

李影小姐摇摇头，心里在想，"男人啊，不可信。"突然脑子里又闪过王丽和武梦洁的身影。

魏鹏似乎看出大家的突然沉默，说道："明年的清明节，我们会一起去看王丽还有她的父母。"

文书薇也是一脸的幸福感，她紧紧地拉住魏鹏的手，一刻都不想松开的样子。当着大家的面，对魏鹏深情地说，"在我见到你的那一刻，我就深深地爱上你！如果我不及时告诉你，会后悔一辈子。"

魏鹏被感动得眼泪哗哗地往下掉，不禁又朗诵起《卜算子·我住长江头》：

"只愿君心似我心，定不负相思意。"

"我会爱你一辈子！"

李影小姐悠闲地靠在沙发上，此时遮阳帽已经摘下，盖在脸上，她默默地想着："这一定是哪个剧里的台词，文书薇是真的有一套。"

文书薇大方地走到众人面前说："请多关照！以后就是邻居了。"

只听赵女士开心地说："这小姑娘真灵的，太好了！"

阳台上再一次爆发了阵阵的笑声。

李影小姐轻轻地微笑着，只是遮阳帽完全盖住了她的表情。还有那么一刹那，她感觉陈一依的身影像谜一样从眼前掠过……

对魏鹏和文书微两人甜蜜的互动，李影小姐觉得能幸福就好。她能理解魏鹏对家的渴望，但他在处理王丽的死亡和武梦洁的情感上似乎都过于冷静、冷漠，甚至冷酷。在他的生存环境中，他所有的时间都用在学业和创业上，而且是在不同的文化背景下，没有停歇过，假设没有管理好情绪，背诵诗歌，也许会崩溃吧。

人性多面又复杂，露出的是性格，没露出的，被潜意识埋葬，成为光照背后的阴影。

唉，很多时候人性似乎是经不起考验的……

不过，李影小姐相信，有些人还是会坚守着道德的底线，这和价值观以及信仰有着密切关系吧。

尾　声

小鸟在窗外叫着，不知道从哪里来的一群和平鸽从李影小姐家窗前划过。她抿着咖啡，同时喝着豆浆，吃着油条，闹钟依然在 6 点 30 分响起。

化好淡妆，再配上抹茶色口红，精心地在衣柜里挑选了一件浅橘色的长连衣裙，外加一件黑色的长西服外套，穿上一双尖头黑色高跟皮鞋，拿起一本哲学书，放入闪耀着黑色光泽的商务拉杆箱——承载着希望与梦想的宝盒，准备出门。

只听"咚咚"的敲墙声音传来，这次好像是右手边的方向，哦，可能是唐汤那间房的房东正在重新装修，这一次，她看都没有看，头也没回，义无反顾地继续走向电梯，刚要按下行键，一想不对，"我还是走楼梯吧，省得又会碰到王丽，不，现在是文书薇。"

从公寓出来，本该走向地铁站，她突然改变了主意，"唉，今天再奢侈一次，乘车看看魅海的晨景，就当提前过五一劳动节了，从下月开始再控制预算。"

坐上出租车，李影小姐告诉司机："师傅，请慢点儿开，我想欣赏一下魅海早晨的繁忙景象。"

"还有这雅兴，我天天都烦死了，好嘞，没问题。"

清晨的阳光洒在高楼大厦和历史建筑上，映射出不同色彩和光影，感受着建筑的独特和美丽。江南文化的雅韵，海派文化的现代与时尚，在不同的时代、不同类型的文化交融与碰撞中，形成了海纳百川。

古今中外，不同地域、城市、乡村文化有融合，也有冲撞。倘若没有约束、规章、契约，也会产生无序、混乱。除了法律，对传统道德文化的坚守也是挺重要的。

车在慢慢地一条街、一条街地驶过，突然她看到前方右侧，一位骑着山地自行车的熟悉的身影，"哦，是胡警官。"她兴奋地叫了一声，想去喊他，但立刻决定，不要打扰他，车子从他跟前慢慢驶过，他应该是刚下夜班。嗯，也许又去发反电信诈骗宣传单了，应该不会，还太早。

望着胡警官渐渐模糊的身影，就在要消失的那一刻，忽然，李影小姐身后跳出了无数个骑着山地自行车的胡警官。一会儿，她似乎看到老张驾驶的白色面包车在追赶着，后来变成很多辆白色面包车驶来。突然，仿佛是王凯，不，是一群王凯，手拿着棍子紧跟上来，最后他们的身影变得越来越模糊，全部落在她的身后。

还有一群看不见的人，似乎在说：你不必寻找我，因为我一直都在，始终护你无恙。

李影小姐微微地一笑，说了一句：

"莫愁前路无知己，天下谁人不识君。"

"不好意思，你在说什么？"司机问道。
"哦！我在说：你可以放心、大胆、加速往前开了！"

后　记

Anything is possible，Nothing is impossible。

任何事情都有可能，没有什么是不可能的。

我的座右铭，始终自由地践行着……

2023 年的清明，我完成了父亲的生前遗愿，把他的骨灰从工作和生活的地方——沈阳，迁回故里——临沂蒙阴安葬。

回到上海后，思绪万千，开始重新审视自己。

在我的世界里，父亲至少要活到 100 岁，我还有时间去折腾人生。用母亲的话说，就是折腾再折腾，而我却认为一直走在时代的前列。我的信条：不追求别人眼中的所谓成功，还有点惧名症，做一个有独立人格、独立思想、独立见解、低调的知识女性。

看着美丽又强大的母亲渐渐老去的背影，我不能再等了，需要为她做点儿什么……

一想到母亲，即是她在阅读的样子。在她的影响下，9 岁时的我，已展读几十部中外名著。母亲至今仍保持着每天阅读2小时的习惯……

我想让母亲在余生里，读着我的小说慢慢老去……

我决定创作。5月构思，6月动笔，7月完成。后经完善，在中国录音师协会名誉理事长高雨春先生、辽宁广播电视台欧阳海涛技术总监、沈阳广播电视台张信斌主任的鼎力推荐下，在责任编辑张晶女士的鼓励下，在沈阳出版社的支持下，《公寓迷案》问世。

小说以日常生活琐碎，看似小事作为起点，通过谜团的展开与推理，最终一点点揭露事件的真相。我的初衷是尝试独特风格的悬疑社会推理小说，不仅可以保持自己的叙事节奏，保留易读的特性，更能直接与读者探讨社会问题，达到与社会对话的目的。并把中国传统文化与价值观融入日常的生活中，达成对文化和民族的认可。

我家与唐太宗建的长安寺毗邻，皇太极盛京城，英国人杜格尔德·克里斯蒂笔下的奉天城，主城门区域有乾隆重建的道教太清宫，也有佛教万寿寺。爷爷曾在城墙根开驿站，父亲在此踏上革命路。我生在故宫医院，在此度过幸福童年与少年时光。距家百米巴洛克建筑，东三省官银号（工商银行）开启我的职业生涯……东渡日本，至神户六甲山，访东野圭吾故乡大阪，沿侦探柯南足迹赴京都探访。曾望着吉隆坡双峰塔，度过那段时光。在英女王伊丽莎白登基时到访学院开启学习之旅，其所在的普雷斯顿，恰与阿加莎·克里斯蒂诞生地，还有写下《尼罗河惨案》时的居住地一样，都位于英格兰。百年前，杜格尔德在我的家乡留下足迹，百年后我循着时光的轨迹回访了他的故乡苏格兰爱丁堡……

国是家的扩大，个人与国的关系是个人与家的关系的延伸。国格指国家的荣誉、尊严、声望和影响……国际交往时，对方通常问的第一句话："你来自哪个国家？"而不是职业和身份，国籍是国民的第一身份，国格代表国人的共同人格，并以此判断个体。国家形象也影响着个人在外国人心目中的形象。当有强大的祖国作后盾时，留学生、出境旅游者、华人更能得到尊重。

人格是做人的资格和品位，也是外貌形象和内在精神因素的结合体。遗传、生存及教育环境，形成各自独特的心理特点。当一个人的人格结构在各方面和谐统一时，人格是健康的。否则，会适应困难，甚至人格分裂。

儒家思想是崇尚人的道德、伦理和行为规范的哲学体系。"格物、致知、诚意、正心、修身、齐家、治国、平天下"仍然有意义和启示。个人的现实生活和未来发展都与国家兴衰、民族命运紧密相连。没有完善的国格，不会有受人尊敬的人格。人格水平低会损害国格，没有完美的人格，也不会有完善的国格。国格是民族精神的体现，也是民族凝聚力所在。

没有任何说教的想法，只是自己真实的感受和体会……

《公寓迷案》——希望我的叙述会给您带来愉悦、思考、启发、幻想、共鸣和希望。

谨以此书献给亲爱的家人和中外读者！

下一本，李影小姐系列将继续……

2023 年 5 月—7 月初稿于上海

2024 年 2 月—3 月毕于沈阳